단어의
진상

최
성
일
지
음

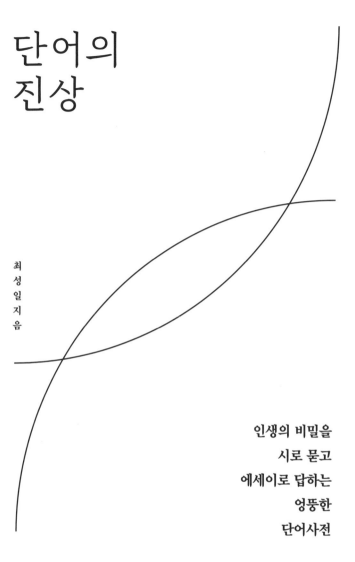

인생의 비밀을
시로 묻고
에세이로 답하는
엉뚱한
단어사전

BM 성안북스

글을 쓴다는 걸 잊고 살았다.
그러다가 어느 날 문득 글이 쓰고 싶어졌다.
왜 그럴까 생각했다. 그리고 깨달았다.
그동안 그냥 논 것만은 아니었다.
흔들리는 세상 속에서, 덜컹거리는 인생 속에서
내 안에 이야기가 쌓이고 있었다.
글을 배우는 대신 인생을 배웠다.

세상을 좀 살았다.
때로는 부딪치고 때로는 넘어지며 살았다.
살다 보니 일상의 모든 것들이 다 의미가 있다는 사실을 알기 시작했다.
비가 왜 슬픈지, 눈은 왜 하얗게 내리는지,
커피는 왜 쓴지, 술을 왜 이렇게 단지
그 비밀을 알기 시작했다.
그래서 살면서 만난 단어들의 숨은 진상들을 캐내 보기로 했다.
이제부터 내가 파헤친 그 진상들을 하나하나 폭로해 보려 한다.

단어의 진상 사용설명서

〈단어의 진상〉은 시→제목→에세이로 이어집니다.

❶ 먼저 제목이 없는 시(#숫자)를 천천히 읽으며 연상되는 단어를 추리해봅니다.

❷ 다음 장을 넘겨 내가 떠올린 단어와 같은지 확인하며 에세이를 읽습니다.

❸ 시와 에세이를 아우르는 작가의 한 줄 인생 문장과 일러스트를 탐닉해봅니다.

❹ 작가가 제시한 단어에 대해 나만의 이야기를 적어봅니다.

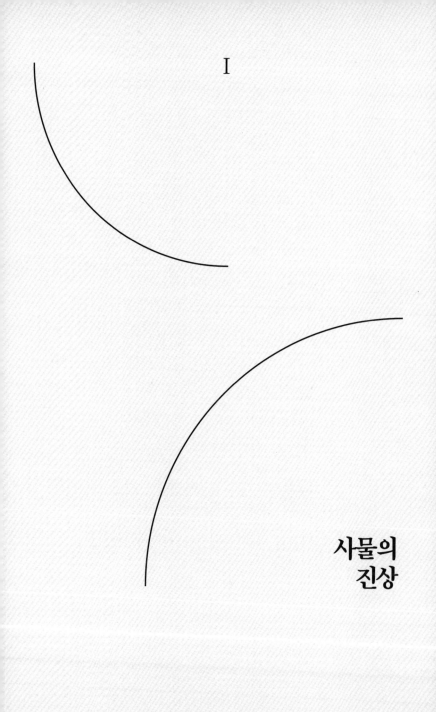

I

사물의
진상

\#1

니가 아무리 몸부림 쳐봐야
나의 눈을 가릴 수는 없다

니가 아무리 짓밟아 봐야
나의 입을 막을 수는 없다

너의 나태와 오만을
무책임한 삶의 무게를
나에게 숨길 수는 없다

너는 결코
나를 속일 수 없다

너는
너는
53 61 82 105……
.
.
.
.

저울

저울은 냉정하다.

올라서서 숨을 멈추고 아무리 배에 힘을 줘 봐도 소용이 없다.

어, 이게 아닌데, 그럴 리가 없는데, 아무리 의심해 봐도 눈 하나

까딱하지 않는다.

어젯밤에 조금 과식 했을 뿐이고, 곧 빠질 살이라고 우겨도 들어

먹질 않는다.

숫자는 냉정하다.

세상에는 불편한 존재들이 있다.

좋은 게 좋은 거라고 대강 넘어가면 좋으련만, 얼렁뚱땅 넘어가지

않는 존재들이 있다.

약점을 콕콕 찔러대며 잔소리하는 가족, 듣기 싫은데도 바른말만

해대는 동료, 통계를 들이밀며 꼬치꼬치 따지는 부류들…….

피하고 싶고 내치고 싶고 자르고 싶은 존재들.

사물의 진상

그래서 그들은 쓴소리한 죄로 미움받고 밀려나고 때로는 모함에
시달리기도 한다.

당장은 싫고 밉더라도 그 존재들을 인정해야 한다.
입에 쓴 약일수록 참고 삼켜야 한다.
그것이 결국 나를 위하고 우리 모두를 위하는 것이라는 사실을 받
아들여야 한다.
아니꼬워도 어쩔 수 없다.

만약 당신이 다이어트에 꼭 성공하고 싶다면, 건강한 인생을 살기
원한다면 저울을 던져버릴 수는 없다.
불편하고 괴롭더라도 그 숫자를 냉정하게 받아들여야 한다.
아니꼬워도 정말 어쩔 수가 없다.

"세상은 냉정하다
우리는 그 냉정함에 냉정해야 한다"

사물의 진상

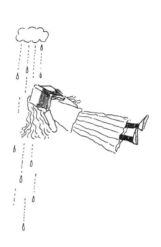

나에게 저울이란

\#2

하루에도 몇 번씩 미워 죽다가도

눈길 한번 주면
가슴이 벌렁벌렁

싫다는 소리도 거짓말이고
사랑한다는 말도 못 하겠고

기다리다
기다리다

내가 말라 죽겠다
·
·
·
·
·
·
·
·

돈

이 정도면 지독한 짝사랑이다.

내 인생이 돈과는 거리가 멀다는 것을 깨달은 지 이미 오래지만,

그렇다고 아직 미련을 버리지도 못하겠다.

짝사랑이 언젠가는 이루어질 수도 있는 것 아닌가.

그렇다면 얼마 정도의 돈이 있으면 짝사랑이 이루어지는 것일까?

부채를 다 갚으면 될까? 가족들 한풀이할 만큼의 현금? 넉넉한 노후자금? 자식에게 아파트 하나 딱 물려줄 수 있는 여유자금?

10억? 20억? 50억?

이해가 안 되는 뉴스를 볼 때가 가끔 있다.

재벌들이 돈 때문에 가족과 원수가 되고, 돈 때문에 감옥에 간다.

금수저들이 마약을 하고 자살을 한다.

로또에 당첨된 사람이 파산하거나 살인을 저지르기도 한다.

도대체 왜?

더 이해 안 되는 뉴스도 있다.

평생 김밥 팔아 모은 돈을 몽땅 기부한 사람들이다.

그들은 도대체 왜?

그럴 거면 왜 그렇게 힘들게 벌었을까?

나는 재벌은커녕, 로또 벼락을 맞을 일도 없을 것이고, 그렇다고 김밥 팔아 모은 돈을 몽땅 기부할 일도 없을 것이다.

끝없는 탐욕도 없을 것이며, 숭고한 희생도 없을 것이다.

지금처럼 그냥 이렇게 마음 졸이며 짝사랑하다가 끝날 인생이라는 것을 안다.

하지만 그 짝사랑 때문에 쓰린 속을 부여잡고 직장에 가고, 더럽고 아니꼬워도 참을 줄 알고, 밤늦도록 고민도 한다.

그 이루지 못할 짝사랑이 이 세상 쓰러지지 않고 버티게 하는 나의 에너지이다.

짝사랑이 짝사랑으로 끝난들 어떡할 것인가.

짝사랑도 엄연히 사랑인 것을.

"얼마나 버느냐가
  중요한 것이 아니라

사물의 진상

왜 버느냐가 중요하고
어떻게 쓰느냐가 더 중요하다"

나에게 돈이란

#3

삼성전자 주식 사놓기
전세 끼고 강남 아파트 사놓기
일 같지도 않은 일로 불면의 밤 안 보내기
사소한 문제로 울며불며 안 싸우기
괜히 쫄지 않기
쓸데없이 좌절하지 않기
웃고 놀고 사랑하기
더 웃고
더 놀고
더 사랑하기
.
.
.
.
.
.
.
.
.

타
임
머
신

만약 내가 과거의 어느 날로 돌아간다면?
일단 알고 있는 모든 고급 정보(?)를 총동원해서 부자가 될 준비를
완벽하게 마칠 것이다. 이해해 주기 바란다. 그리고 또? 그래 좋다
까짓 거. 직업도 바꾸고 애인도 바꾸었다고 치자.
그럼, 그 다음은?

다시 시작한 하루하루가 얼마나 소중한 날들인지 느낄 것이다.
오늘과 또 내일을 쓸데없는 걱정과 좌절로 허비하지 않을 것이다.
돌이켜보면 다 부질없는 일이었다는 것을 알기 때문이다.
이 또한 다 지나간다는 것을 알기 때문이다.

만약 먼 훗날, 내가 현재의 오늘로 다시 돌아온다면?

사물의 진상

지금 하는 모든 고민과 걱정은 또 무의미해지고 말 것이다.
지금, 현재, 오늘이 나의 인생에 있어서 얼마나 소중한 순간인지
깨닫게 될 테니까.

오늘 하루를 자신을 괴롭히며 보내지 말자. 지나고 보면 다 부질
없는 것. 결국, 지나가면 다 그게 그거니까.
오늘을 사랑하고 나를 사랑하자.
인생에서 가장 중요한 날은 오늘이다.
오늘이 인생의 첫출발이니까.

"오늘은 항상
당신의 첫날"

\#4

어때
속이 쓰려오고
그만 주저앉고 싶지?
모든 걸 포기하고 싶지?

쓰다고?
그게 쓰다고?
원래 그런 거야
견뎌내
견뎌내다 보면
아, 이거 별거 아니네
이런 거였네
그런 생각이 들 거야

즐겨보라고
그 수밖에 없어
인생이 다 그런 거야
원래 쓴 거야
.
.
.

커피

커피는 쓰다. 처음 커피를 마셔 보는 아이들은 인상부터 쓴다. 이런 걸 왜 마시냐고.

그런데 이유가 있다. 괜히 폼 잡으려고 마시는 게 아니다. 계속 마시다 보면 그 쓴맛이 이상하게 자꾸 생각난다.

그냥 쓴맛이 아니다. 쓰면서도 향기롭고, 쓰면서도 달달하고, 쓰면서도 희열이 느껴지는…… 그런 쓴맛이다.

쓰디쓴 그 맛에 익숙해지면 제기랄……, 헤어날 수 없다.

인간은 묘한 데가 있다.

고통스러운 과정을 이겨내면 엄청난 대가가 주어질 거라고, 나에게 큰 선물이 올 거라고 생각하며 참고 견딘다.

목표를 이루기만 하면 그 고통과는 '빠이빠이'다.

놀고먹으며 '탱자탱자' 살리라 생각한다.

대학만 붙으면 책은 쳐다도 안 볼거다, 금메달만 따면 바로 은퇴다, 이 프로젝트 대박 나면 해외여행이나 다니며 살 거다…….

사물의 진상

하지만 그 쓴맛을 어찌어찌 견뎌내고 목표를 이뤘다 싶으면 딴생각이 든다.

결코 '빠이빠이'가 안 되고, '탱자탱자'도 안 된다.

행복도 잠깐이다. 이게 아니다 싶다. 뭔가 허전하다.

고통은 그 자체로 대가다. 고통 그 자체가 희열이다.

공부 좋아하는 놈은 평생 공부가 답이고, 천생 배우는 늙어 쓰러질 때까지 연기해야 한다.

불행하게도 그것이 인간의 운명이다.

고통 속에서, 그 고통을 이겨내기 위한 또 다른 고통 속에서, 숨이 턱턱 막혀오는 바로 그 순간에 느껴지는, 향기롭고 달달한, 그래서 희열마저 느껴지는 죽도록 못 잊을 그 쓴맛이 바로 그 대가나.

"달콤한 꿈보다
　쓰디쓴 현실이 더 소중한
　당신을 위해"

#5

아프지 않기 위해

아픈 것이다

울지 않기 위해 울고

일어나기 위해 쓰러지는 것이다

아무리 길고 어두운 밤이라도

언젠가 아침은 오는 것

온몸에 독이 퍼져

불구덩이 속을 헤매더라도

오늘 밤은 한번 죽어보는 것이다

봄날 아침처럼 해가 떠오르면

언제 그랬냐는 듯 털고 일어나기 위해

단단하게 다시 서기 위해

지금은 죽는 것이다

살기 위해

죽는 것이다

·

·

·

·

백
신

죽다 살았다는 이야기를 자주 듣는다.

그런 이야기를 할 때는 보통 웃는다.

즐거워서 웃는 게 아니라 그 고통과 불안이 얼마만큼 컸는지,
그 상황에서 빠져나오기가 얼마나 힘들었는지 설명할 길이 마땅
치 않아, 역설적이게도 웃음이 나온다.

하지만 죽다 살아났다는 것은
앞으로 그런 고비에서 다시 살아날 가능성이 더욱 커졌다는 것을
의미한다.
한마디로 내성이 생겼다는 이야기다.

살다 보면 말하고 싶지 않은 기억, 기억하고 싶지 않은 일들이 수
없이 생겨난다.
왜 이런 시련이 나에게 왔을까, 왜 이렇게 하는 일마다 꼬일까,
이번 생은 정말 망하고 만 것일까…….

사물의 진상

인간은 살면서 크든 작든 수많은 실패와 아픔과 좌절을 맛본다.
때로는 그 고통이 너무 커서 오랫동안 방황하거나 죽음의 문턱까
지 가보기도 한다.

하지만 그런 경험이 인생을 살게 한다. 견디게 한다.
그 당시에는 너무나 치명적인 독처럼 느껴질지 몰라도,
다시는 일어서지 못할 것 같아 보여도,
그런 실패와 아픔과 좌절을 겪고 일어나 봐야 진짜 세상을 이길
수 있다.
죽다 살아나 봐야 내성이 생기고 더 단단해진다.

당장은 아프고 힘들더라도 이건 독이 아니라 약이라고 생각하자.
진짜 아프지 않기 위해 조금 아픈 것이라고 생각하자.

진짜 죽지 않기 위해서 아주 조금 죽어보는 것이다.

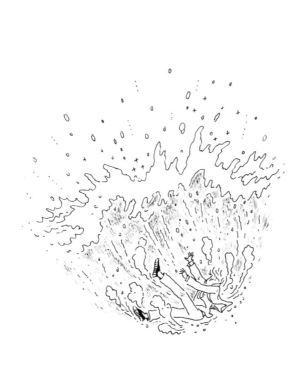

“실패를
겪어보지　않으면
실패를
이겨낼　수　없다”

나에게 백신이란

#6

이 정도면 막 가자는 거지
너도 맛 좀 보라는 거지

세상이 얼마나 매운지
울며불며
느껴보라는 거지

아니지
맵다 못해
눈물이 마르다 못해
가슴팍이 아리다 못해
심장이 터지고
핏덩이가 굳어
돌처럼 단단해질 때까지
가보자는 거지

이 정도면 정말
막가는 거지
죽어보자는 거지

미친 거지

불닭볶음면

대형마트에서 내가 좋아하는 굴진짬뽕이 사라졌다. 은근한 굴 맛이 일품이었는데 이제는 구하기가 힘들어졌다. 대신 무수한 이름의 매운맛 라면들이 자리를 차지했다.

매운맛 열풍이다.
매운 닭발, 매운 족발 정도는 옛날이야기가 되었고, 마라탕이 휩쓸고 지나가더니 이제 완전히 전쟁터가 되었다.
불닭 시리즈 라면이 나오는 것도 모자라 거기에 '핵'이나 '왕'이 더해진 독한 제품들이 쏟아지고 있다.
'매운탕' 정도는 이제 내가 아는 '가장 순한 매운 요리'가 되어버린 게 요즘 현실이다.

왜 갈수록 매워지는 걸까?
왜 매운맛에 열광하는 걸까?

매운맛은 맛이 아니다. 자극이다.

그래서 자극적이다.

자극에 익숙해지다 보면, 좀 더 강한 자극을 원하게 되고, 자극에 대한 갈망은 결국 중독을 부른다. 헤어날 수 없다.

그리고 그 중독은 그야말로 毒이 된다.

자극에 중독된 세상.

이제 담백하고 은은한 맛은 맛으로도 느껴지지 않는 세상.

점점 더 자극적이어야 관심을 끌고 돈을 벌고 성공하는 세상.

정치인들이 막말 경쟁을 하고, 말도 안 되는 가짜 뉴스가 쏟아지고, 미쳐 날뛰는 동영상일수록 돈을 벌고, 급기야 'N번방' 같은 악마가 태어나는 세상.

안 그래도 매운 세상에 무자비하게 캡사이신을 공중 살포하는 세상.

자극은 자극을 부른다.

그리고 자극의 끝은 공포스럽다.

왜냐하면, 그 끝이 어디인지 모르기 때문이다.

그 끝에 어떤 괴물이 도사리고 있을지 모르기 때문이다.

"자극은 자극을 부르고 _____

자극의 끝은 자멸이다"

나에게 불닭볶음면이란

\#7

아무리 달려도 제자리라고
실망하지 말 것

달려도 제자리가 아니라
달리니까 제자리다

앞도
뒤도 아닌
내 안의 나를 보는 것

심장의 박동
핏줄의 비트
내 안의 소리를 듣는 것

이기는 것이 아닌
버티는 것

달려도 제자리가 아니라
달리니까 제자리다
.
.
.

러
닝
머
신

러닝머신 위에서 달려본 사람은 안다.

이 운동의 핵심은 제자리에서 버티기이다. 달린다고 앞으로 나아가지 못한다.

그렇다 해도 실망하는 사람은 없다.

이 운동은 누구를 이기기 위한 것이 아니라 오로지 나 자신을 위한 일이라는 걸 다들 알기 때문이다.

인생이라는 레이스가 타인과의 무한한 경쟁이라고 생각할 수 있다. 하지만 남을 의식하고 앞서거니 뒤서거니 신경 쓰기 시작하면 그때부터 불행해진다. 수많은 타인과의 경쟁에서 완전히 이길 확률은 희박하기 때문이다.

레이스에서 정말 필요한 것은 경쟁이 아니라 자신만의 속도를 지키는 것이다.

사물의 진상

넘어지지 않고 뒤처지지도 않고 자신만의 밸런스를 유지하는 것, 오로지 나 자신에게 집중하는 것이 중요하다.

터질 것 같은 심장 박동과 끊어질 것 같은 근육의 고통을 견뎌내다 보면 어느새 엔도르핀이 뿜어져 나오는 경험을 하게 된다. 오로지 내 안에서 만들어내는 희열과 보람을 느끼게 된다.
그런 과정 속에서 심장은 튼튼해지고 근육은 단단해진다.
그래야 웬만한 세상사에도 쉽게 흔들리지 않는 내성이 쌓이게 되는 것이다.

아무리 열심히 살아도 제자리라고 실망하지 말자. 남을 쳐다보지도 말자. 나만의 속도에 집중하자.
뒤처지지도 않고 넘어지지도 않고 이만큼 버티고 있는 것에 만족하자. 나 자신에게 박수를 쳐주자.
이렇게 제자리를 지키며 달리고 있는 것만으로도 우리는 충분히 훌륭하다.

"인생이라는 레이스에서
유일한 경쟁자는 나 자신이다"

사물의 진상

나에게 러닝머신이란

\#8

이것은
내가
지치고 힘든 너에게
줄 수 있는
가장 얄팍한 선물
가장 값싼 위로

가장
고귀한
거짓말

.

.

.

.

.

.

.

.

.

.

박
카
스

난 모르겠다.

타우린이라는 성분이 그동안 우리의 피로를 얼마나 풀어주었는지, 그래서 우리나라의 살인적인 노동강도를 이겨내는데 결정적 역할을 하긴 한 건지, 60년 동안 온 국민이 마시는 바람에 지금의 눈부신 경제성장이 이루어졌는지 잘 모르겠다.

사랑과 존경의 표시로, 때로는 잘 봐달라는 뇌물로 건네주던 이 달달한 음료가, 피로를 풀고 활력을 되살리고 인생사까지 술술 풀리게 해 준 건지, 아니면 그렇게 믿었던 건지, 잘 모르겠다.

경쟁은 날로 치열해지고 집값은 치솟고 빈부 차는 벌어지고 밤낮 일해도 별반 나을 게 없는 현실을 겪어본 우리는 다 안다.

가족 간에, 친구 간에, 이웃 간에, 동료 간에, 심지어 라이벌 간에도 따뜻한 위로와 격려 한마디가 얼마나 힘이 되는지 경험상 안다.

사물의 진상

하지만 그 위로와 격려라는 것이 어떻게 인체에 작용하는지 과학적으로 증명하기는 힘들다. 그래도 확실한 것은 분명 효과를 느꼈다는 것이다. 그것이 '플라세보 효과'라도 효과는 효과다.

이 달달한 음료의 환상적인 '효능'을 믿는 사람이 이제는 별로 없을지도 모른다.
그러나 '효과'는 여전히 유효하다.
어린 나에게, 몸살 같은 것은 단번에 나을 거라고, 약 대신 건네주던 어머니의 말씀이 진짜였다고 믿고 싶다.
서로에게 조금이라도 위로가 되고 격려가 된다면, 이 터무니없는 마법의 힘을 끝까지 한번 믿어보고 싶다.

"당신의 위로 한마디가
누군가에게는
목숨을 살리는 백신이 된다"

#9

너는 다 좋은데 말이야
융통성이 너무 없어
사람이 때로는
1 3 5 7 건너뛸 줄도 알고
때로는
한 템포 쉴 줄도 알아야지
이건 뭐 항상 곧이 곧 대로니
그 모양 그 꼴 아니겠어?
인생 뭐 있어
좀 즐기면서 살아
.
.
.
.
.
.
.
.
.

시
계

다음 중 당신은 어떤 유형의 사람입니까?

〈1번〉 박 대리

누군가는 해야 할 프로젝트다. 안 할 수가 없다. 어떻게든 끝내야 하고, 이왕 하는 거 열심히 하자. 마누라한테는 미안하지만, 하룻 밤만 더 새자.

〈2번〉 최 대리

박 대리 저 녀석 참……. 하기야 머리가 안 되면 몸으로 때워야지. 조직에서는 말이야, 근면하기만 한 직원보다 나처럼 능률적인 직원이 더 필요한 거야. 자, 오늘 저녁은 부장님 모시고 어디 가지?

〈3번〉 김 부장

빼질이 최 대리를 보면 머리 돌리는 게 다 보여. 하지만 입안에 혀처럼 구니 편하지. 눈치도 빠르고.

근데 박 대리는…… 참 거시기 해. 죽어라 일하는 건 좋은데, 뭔가 답답하고 불편해. 이번 승진은 그래도 최 대리를 시키는 게…….

사물의 진상

정답은? 모르겠다고? 거짓말!

누구나 겉으로는 최 대리를 욕하고, 김 부장을 욕하지만 박 대리처럼 살고 싶지는 않을 것이다.
죽어라 일하고는 승진에도 밀리고, 가족과는 데면데면, 늙도록 만년 과장으로 있다가 명예퇴직 당할 게 뻔한 박 대리가 되고 싶지는 않을 것이다.

하지만 세상에는 의외로 박 대리가 많다. 아무도 알아주지 않아도 속이 부글거려도 소주 한잔에 마음을 다잡는 수많은 박 대리들.
눈에 띄지는 않지만 톱니바퀴처럼 세상의 엔진을 돌리는 사람들.
그래서 그나마 조직이 돌아가고 나라가 돌아가는 거다.

아무도 쳐다보지 않는 벽 한구석에서 똑딱똑딱 돌아가고 있는 시계처럼, 오늘도 수많은 박 대리들은 묵묵히 세상의 엔진을 돌리고 있다.

"오늘도 열일한 당신
누가 알아주지 않는다고?
당신이 알고 있잖아
그러면 됐지
자, 한번 웃어보자고"

나에게 시계란

\#10

제발
나에게 강요 좀 하지 마
이 길이 맞는 길이라고
이 길 하나밖에 없다고
어떻게 그렇게 장담할 수 있어?

니가 내 인생을 어떻게 알아?
내 인생 책임질 거 아니잖아
자기 길도 제대로 모르면서
제발
간섭 좀 하지 마
.
.
.
.
.
.
.
.
.

내
비
게
이
션

내비게이션을 켜고 운전을 하다 보면 당황스러울 때가 많다. 꼬불꼬불 이상한 골목길로 안내한다든가, 도저히 차가 갈 수 없는 급경사 오르막길을 가르쳐 준다든가 하는 일이 허다하다. 그런 일을 겪으면, 과연 이 내비게이션을 믿을 수 있나, 과연 과학적이고 합리적인 시스템을 갖추고 있는 게 맞나, 하는 의심이 뭉글뭉글 피어오른다.

우리 주위에는 내비게이션이 많다. 기계가 아닌 살아있는 사람들. 이 '인간 내비게이션'은 전원이 잘 꺼지지도 않는다. 끝까지 옆에 붙어서 이래라저래라 참견하고 강요한다. 그들이 '안내'하는 '경로'가 그냥 의심스러운 수준이면 그래도 다행이다. '안내' 대로 따라가기가 너무 벅차거나, 원하는 방향이 전혀 아닐 때도 많다. 그러고는 그 길이 '최적 경로'라며 우기고 다그친다. 이 인간 내비게이션은 목적지도 자기 마음대로 설정한다. 그것이

누구를 위한 길이고, 누구를 위한 목적지인지는 묵살되고 만다.

이런 내비게이션 논쟁은 가까운 관계, 특히 부모와 자식 간에 가장 빈번하게 발생한다. 무조건 저 피라미드 꼭대기로 가라고 자식들을 강요한다. 원하지 않는 특목고, 원하지 않는 의대, 원하지 않는 공무원 시험……

빗나간 애정에 의해 설정된 빗나간 경로는 자칫 차를 탈선하게 하거나, 낭떠러지 막다른 길로 안내할 수 있다.

"당신이 찾아낸 최선의 길은 _____

오직 당신에게만 최선의 길이다"

나에게 내비게이션이란

\#11

듣지도 않으면서
보지도 않으면서

그래도 내 앞에 앉아서
끝없이 조잘대는 니가 있어서
나는 좋다

허전하지 않아서
나는 좋다

니가 있어서
가슴이 시릴 만큼
나는 좋다
.
.
.
.
.
.
.

텔레비전

우리 어머니는 아버지를 떠나보내고 홀로 고향집에 사신다. 5개의 방과 2개의 화장실과 1개의 거실과 1개의 주방을 혼자서 독차지했지만 그리 부럽지는 않다.

"어머니, 뭐 하세요?"
"응. 테레비 보지."

"어머니, 뭐 하세요?"
"응, 내가 좋아하는 드라마 곧 시작해서 방금 방에 들어왔다."

텔레비전이 없었으면 어쩔 뻔했나. 친구 많고 외출 잦은 어머니만 혼자서 그 긴 밤을 어떻게 견뎌낼 수 있을까.

텔레비전의 시대는 갔다고 한다. SNS에, 유튜브에……, 요즘 누가 텔레비전 보느냐는 말까지 나온다.

하지만 여전히 텔레비전은 유효하다. 여전히 우리 곁에 앉아서 쉼 없이 조잘대고 있다.

"여보, 내 말 듣고 있어?"
"뭐? 뭐라고 했는데?"
"아, 한참 얘기했는데."
"미안해."
"얘기 그만할까?"
"아니야, 계속해. 난 당신 얘기 듣는 게 좋아."
"듣지도 않으면서 맨 날 좋대……."

미우나 고우나 사람에게 사람만큼 소중한 존재는 없다.
하지만 이 미치도록 고요한 공간 속에서, 이 미치도록 길고 어두운 밤을 함께해 줄 그 무엇인가가 있다면, 붙잡고 살아가야 하지 않을까.
그게 무엇이든 말이다.

"사람에게
 사람만큼
 소중한 존재는 없다"

사물의 진상

나에게 텔레비전이란

\#12

향기롭기로
마음먹었으면

너처럼 그렇게
향기롭게

마르고 닳도록
향기롭게

한 줌 가루로
사라질 때까지

영원히 그렇게
향기롭게

.

.

.

.

.

비
누

사람이 한결같기가 쉽지 않다. 세상을 살다 보면 뜻대로 되지 않는다. 예상과 현실은 다르기 때문이다.

그래서 변신이 필요하다. 세상에 맞춰 변신하는 것이 잘못된 게 아니다. 이해한다.

하지만 초심을 잃는다는 것은 다른 문제다.

목표를 위해 전술을 바꾸는 것과 목표 자체를 바꾸는 것은 전혀 다른 것이기 때문이다.

초심을 잃게 되면 변심과 배신이 '시대의 흐름'으로 둔갑하고, 부패와 탐욕은 '비즈니스 마인드'로 포장된다. 그렇게 무너져 내린 수많은 초심들이 있다.

군부의 탄압에 맞서던 인권운동가는 권력을 잡게 되자 학살과 폭행에 침묵한다.

노동자를 대변하던 목소리는 비열한 뒷거래를 변명하기에 바쁘다.

순수하고 고결했던 문학청년들이 여성들을 농락하는 파렴치한

사물의 진상

노인네들로 늙어간다.

열정과 아이디어로 승부하던 젊은이들은 또 다른 이름의 재벌이 되고 있다.

도전과 패기와 정의와 배려가 갑질과 담합과 파벌과 꼰대로 변질되고 있다.

사람이 곱게 늙는다는 것은 성형과 보톡스로 해결될 일이 아니다.

사람이 아름답다는 것은 샤넬과 벤츠로 해결될 일이 아니다.

사람이 향기롭다는 것은 퇴직 마지막 날까지 거리를 순찰하는 경찰관처럼, 30년 한결같이 새벽에 일어나 똑같은 재료로 곰탕을 끓이는 사장님처럼, 암 투병 속에서도 무대에 오르는 노배우처럼 사는 것이다.

화려하지 않아도, 누가 알아주지 않아도 처음 먹었던 마음 그대로 사는 것이다.

마지막 순간까지도 늘 같은 색깔과 같은 향기로 사는 것이다.

"	변	심	은		N	O		
	변	신	은		O	K	"	

#13

어느 날 아침
무심코 그와 눈이 마주쳤다
그도 나를 바라보았다
내가 멋쩍게 웃었다
그도 따라 웃었다
그것도 잠시 어색한 침묵이 흘렀다
사실 오래전부터 그를 잘 알고 있었다
잘 알고 있었다, 고 생각하고 있었다
하지만 그에 대해 아는 것이 별로 없다는 사실을 갑자기 깨
달았다
조금 놀라웠다

검붉고 주름진 얼굴과 탁한 눈빛이 나를 바라보았다
그동안 어떤 바람이 그를 흔들고 지나갔을까
그동안 어떤 파도가 그를 스치고 지나갔을까
그 긴 세월 동안 거기 그렇게 서서
무얼 하고 있었던 걸일까
무얼 기다린 것일까

왠지 낯설어진 그가 나를 서글프게 바라보았다
환하게 한번 웃어주고 싶었지만
어깨 한번 다독여주고 싶었지만
차마
그러지 못했다
한참을 바라보다 말없이 돌아섰다
하루 종일
그가 자꾸 생각났다

.

.

.

.

.

.

.

.

.

.

.

거울

나의 눈은 하루 종일 밖을 바라보고 있다.
요즘 정치판은 이게 문제고, 경제는 저게 문제고, 이 프로젝트는 이래서 안 되고, 저 프로그램은 저래서 안 되고, 이 사람은 참 약아빠졌고, 저 사람은 재수 없고…….
세상을 바라보고 사람을 바라보는 일에 도가 튼 사람이 되어간다.

그렇게 세상일로 괜히 바쁘던 어느 날,
무심코 거울을 들여다보다가 참 익숙하면서도 낯선 나를 발견하게 된다.

나란 사람은 도대체 어떤 인간일까?
바깥세상을 바라보던 눈으로 나를 정확하게 들여다보기란 쉽지 않다.

사물의 진상

그 잘난 판단력이 흔들린다.

나란 사람은…… 괜찮은 사람일까? 매력이 있을까? 평범한
사람? 무능력한 사람? 한물간 선배? 아니면 아무도 관심 없
는 존재……?

그동안 그나마 잘 살아온 것일까? 아니면 괜한 헛짓만 하며
살아온 걸까?

점수로 치면 몇 점일까?

그 잘난 눈으로 아무리 나를 들여다봐도

현재의 나는 어떤 모습이며, 앞으로 어떻게 살아가야 하는
지 잘 모르겠다.

남들은 나를 어떻게 생각하고 있을지 짐작하기가 겁이 난다.

이만큼이나마 살아온 것도 다행이라고 스스로를 위로해주
고 싶지만 선뜻 자신이 안 생긴다.
그 혼란이, 그 불안이 나 자신을 보는 걸 두렵게 만든다.

거울 앞에 서서 나를 한참 바라보다가 돌아섰다.
더는 바라볼 용기가 나지 않았다. 세상을 바라보던 그 잘난
눈이 부담스러웠다.
나를 안다는 것은 그만큼 어렵다.
아니, 무서운 일이다.

사물의 진상

"내가 세상에서
가장 두려워해야 할 사람은
나 자신이다"

\#14

그 뜨거운 것을 냉큼 삼킬 때는 몰랐지
그것이 목구멍을 타고 내려갈 때도 몰랐지

찬바람 불고
축제는 끝났는데
아직도 속에서
꿈틀거릴 술은 몰랐지
그렇게
식지 않을 줄은 몰랐지

시간이 멈춘 날
차갑게 얼어붙는 파란 하늘 위로
기어코
그 붉은 피를 토할 줄은 몰랐지

아직도
그렇게
뜨거울 줄은 몰랐지

사물의 진상

그렇게
붉디붉을 줄은 몰랐지

그렇게
서럽게

아름다울 줄은 몰랐지
.
.
.
.
.
.
.
.
.

단풍

젊은 날의 사랑은 태양처럼 뜨겁다.
모든 것을 태울 것처럼 활활 타오른다.
뜨겁게 사랑을 하고 뜨겁게 결혼을 한다.

하지만 '허니문'은 그리 오래가지 못한다.
꿈과 현실은 다르다는 것을 알기 시작한다. 식어가기 시작
한다.
부딪치고 포기하고 무시하고 살아간다.
이제는 끝났다며, 그냥 어쩔 수 없이 사는 거라며, 그렇게
살아간다.

그러나 사랑은 끝나지 않았다.
진짜 사랑을 몰랐을 뿐이다.

병상에 계시던 아버지가 돌아가실 때, 어머니가 서럽게 우시는 걸 보고 깜짝 놀랐다.

내가 생각하는 두 분은 그런 관계가 아니었다. 수십 년, 가정을 이루며 사는 내내 부딪쳤다.

내가 보기에 최소한 '사랑'의 관계가 아니었다.

하지만, 그날 깨달았다. 내가 틀린 것이었다.

그렇게 부딪치며 깨지며 인생을, 세월을 함께 이겨내며 쌓아온, 그런 끈끈한…….

그것을 사랑이라 부르든, 情이라고 부르든, 동지애라고 부르든 아무 상관이 없었다.

그것이 사랑이었다.

진짜 사랑은 하룻밤 화려한 불꽃이 아니라 쉽게 꺼지지 않는 잔불 같은 것이다.
다 식은 듯 보여도, 다 꺼진 듯 보여도 속에서 오랫동안 꿈틀거리고 있는 것이다.

그러다가 마침내, 여름이 끝나고, 찬바람이 불고, 푸르름이 차갑게 식어갈 때, 그 불꽃은 마지막에 피어오른다.
나중에 나중에, 오랜 세월이 흐른 후에 붉게 피어난다.
끝까지 지켜봐야 진짜 사랑이 보인다.
사랑은 아직 끝나지 않았다.

"	사	랑	은				
	처	음		손	을		
	잡	을		때	가		아	니	라
	마	지	막				
	손	을		놓	을	때		
	완	성	된	다	"		

나에게 단풍이란

#15

미안하다
만만하게 봤다

그냥 속없는 놈이라 생각했다

내가 미처 몰랐다

니 속에
그런 뜨거움이 있을 줄...
.
.
.
.
.
.
.
.
.

정수기

사람의 속은 모른다. 겉만 보고는 알 수 없다.

그가 어떤 생각을 하고 있는지, 어떤 꿈을 가졌는지 알 수가 없다.

날 좋아하는지 미워하는지, 그 일을 금방 잊었는지, 아니면 두고

두고 기억하며 복수의 칼을 갈고 있는지 잘 알 수가 없다.

그래서 잘 안다고 생각했는데 알고 보니 딴판이라느니, 믿고 있었

는데 사람 뒤통수를 쳤다느니 하는 소리를 한다.

사람을 함부로 판단하지 말아야 한다. 내 마음대로 속단하지 말아

야 한다.

'사람 그렇게 안 봤는데 말이야.', '네가 그럴 줄은 진짜 몰랐어.', '알

고 보니 너 진짜 음흉하다.' 같은 말은 함부로 쓸 일이 아니다.

그 사람의 문제가 아니라 내가 내린 판단의 문제다. 내가 만든 모

습을 진짜 그의 모습이라고 착각하면 큰일 나는 수가 있다.

사물의 진상

그중에서도 가장 위험한 것은 가까운 이들이다.

가까울수록 만만할수록 조심해야 한다. 아무리 친한 사이라도, 다 안다고 착각하고 무시하고 이용하고 강요하다가는 큰코다친다.

세상에 바보는 없다.

겉으로 보기엔 물에 물 탄 듯 보여도, 투명하게 속이 다 들여다보이는 것 같아도, 그가 어떤 차가움과 어떤 뜨거움을 가졌는지, 잘 알 수가 없다.

"인간관계에서
　가장 위험한 순간은
　서로가 너무 잘 안다고 생각할 때다"

#16

눈물 나게 매워도 어쩔 수 없는 것
염장을 질러도 어쩔 수 없는 것
숨죽이고 기다리는 것
찬바람에 눈발 날려도 어쩔 수 없는 것
얼고 녹고 얼고 녹고
그렇게 버티는 것
그 독한 것들이
스며들고 물들어 가는 것
그렇게 익어가는 것
세월과 바람과 눈물로 익어가는 것
그러다 보면 아는 것
나중에야
맛을 아는 것
아주 나중에야
향기로운 것
.
.
.
.
.

김
치

싱싱한 날것으로만 살 수 있다면 얼마나 좋을까.

때 묻지 않고 닳지도 않고 해맑게만 살 수 있다면 얼마나 좋을까.

세상이 푸른 바다에 흰 돛단배 같기만 하면 얼마나 좋을까.

하지만 그게 가능한 일인가.

바람은 세차고 파도는 멈추지 않는다.

흔들리는 세상에서는 흔들릴 수밖에 없다. 피할 수가 없다.

눈물 나게 맵고 시리도록 짠 세상을 겪으며, 구르고 엎어지고 닳고 헤지다 보면 알게 된다.

어느덧 세월은 저만치 기울었고, 나는 지치고 불안한 인간일 뿐이다.

순수한 날 것의 옛 모습은 앨범 속 사진처럼 낯설다.

인생은 원래 하얀색이 아니다.

그 독한 것들에 절여지고 물들어 가는 것이다.

　　　　　　사물의 진상

숨죽이고 익어가는 것이다.

맵고 짠 눈물을, 혹독한 겨울바람을 견뎌내다 보면 그제야 내가
보이기 시작한다.

인생의 맛을 알게 된다.

세월의 풍파에 원래 색깔은 잃었을지 몰라도

빨갛게 물들어 버렸는지 몰라도

인생의 맛은 그때부터다.

어제가 아쉽고 오늘이 힘들고 내일이 두렵더라도, 그건 숙성의 과
정이다.

이제부터다.

세월의 무게를, 인생의 무게를 견디며 익어가다 보면 맛을 알게
될 것이다.

진정한 풍미를 느끼게 될 것이다.

향기로워질 것이다.

"김치와 홍어와

사물의 진상

인생은 익어야 제맛"

나에게 김치란

\#17

나와 입맛이 죽어도 달라

아무리 해도 서로 통하지 아니하니

이런 까닭으로 어린 백성이 만족할 바가 있어도

마침내 제 뜻만 능히 우기는 경우가 많으니라

내 이를 위하여 가엾게 여겨

새로 서른한 가지 맛을 만드노니

사람마다 하여금 쉬이 날로 먹음에

편안케 하고자 할 따름이니라

.
.
.
.
.

배스킨라빈스31

아이스크림 진열장 앞에서 나는 항상 혼란에 빠진다.

결정 장애라는 고질병이 도진다. 외우기도 힘든 이름표를 보고 그 맛까지 상상해야 하다니.

하지만 포기할 수는 없다.

허락된 가짓수를 채우기 위해 이것저것 허겁지겁 담고 나면 괜히 뿌듯해진다. 이 넘치는 기쁨.

하지만 그것도 잠시, 밀려오는 찜찜함. 근데 이게 무슨 맛이지?

31가지 맛이라니. 이쯤 되면 욕망의 절정이다.

도대체 누가 이토록 다양한 맛을 원한 것일까. 도대체 어디까지 가야 만족할 것인가. 디저트 한번 먹자고 세상의 온갖 희귀한 열대과일을 다 끌어모아 이 야단법석을 떨어야 하는 것인가.

사물의 진상

인간의 욕심은 끝이 없다.

만족을 모른다. 하나를 얻으면 또 하나가 생각난다. 한번 욕심을 부리기 시작하면 멈추기 쉽지 않다.

꼬리에 꼬리를 무는 욕망 중독은 끝없는 경쟁을 부르게 되고, 그 끝은 승자와 패자, 가진 자와 못 가진 자, 피폐해진 세상만 남을 뿐이다.

또 다른 문제는 욕망의 결과가 승자에게도 그리 만족스럽지 않다는 것이다.

욕심을 부려 과하게 끌어모은 뒤죽박죽 결과물의 맛이 생각보다 달콤하지 않다. 짬뽕 맛 아이스크림이라고나 할까.

단지 욕망을 채우려는 욕망만 있을 뿐이다.

나는 바닐라 아이스크림을 좋아한다.

아무것도 섞이지 않는 순수한 하얀 맛 하나면 충분하다.

진정한 만족을 느끼고 싶다면 비우고 포기할 줄 알아야 한다.

욕망의 끝 맛은 생각보다 달콤하지 않다.

"욕망은 불과 같다
 자칫 번져 버리면
 나와 이웃과 세상을 모두 태워버린다"

\#18

먹구름이 몰려오고
천둥이 울기 시작할 때

하늘이 내려앉고
거리는 어둠에 휩싸일 때

무릎이 꺾인 아이들의 야윈 어깨 위로
차디찬 눈물이 쏟아질 때

어느새
어미 새들 날아와

거친 비바람에 맞서
접었던 날개를
활짝 펴다

온몸으로
세상에 맞서다

사랑하니까
그렇다

우
산

너무나 뻔한 이야기지만 할 수밖에 없는 이야기가 있다.
흔하디흔한 이야기지만 세상에서 가장 아름다운 이야기가 있다.
가장 아름답고도 가장 슬픈 기적에 관한 이야기다.

평소에는 아무렇게나 던져놓고는 잊어버리는 존재.
하지만 어쩔 수 없는 순간에 손을 내미는 존재.
거친 비바람 속에서 의지할 수밖에 없는 존재.
찢겨서 떨어져 나갈 때까지 나를 감싸주는 존재.

아이의 희생이 헛되지 않도록
평생을 거리에서, 국회 앞에서, 정부 앞에서 피를 토하는 존재.
장애가 있는 아이를 돌보기 위해
아이보다 하루만 더 살아있기를 원하는 존재.
폭력과 학대를 못 이겨, 해서는 안 될 짓을 한 아이를 위해
대신 살인죄를 뒤집어쓰는 존재.

사물의 진상

사랑하는 아이가 아파서
그 아픔을 지켜주지 못해서
그리고 그런 아이를 차마 혼자 보낼 수 없어서
함께 길을 떠나는 존재.
이 세상에서 항상 그랬듯이
저 세상에 가서라도
거친 비바람에 맞서
아이를 온몸으로 감싸주고 싶었던 존재.

흔하고 흔해서 잊고 살지만
항상 있어서 모르고 살지만

세상에는 매일 기적이 일어나고 있다.

"기적은 매일 당신에게 일어나고 있다 ⎯⎯⎯⎯⎯⎯⎯⎯⎯⎯⎯⎯⎯

단지 당신이 모를 뿐이다"

나에게 우산이란

\#19

시간이 답이라는
소리 하지 마라

당장 오늘 밤
죽을 거 같은데

세월이 약이라는
소리 하지 마라

세월이 약이냐
약이 약이지
.
.
.
.
.
.
.
.
.

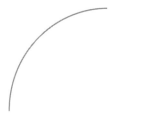

마데카솔

사람은 좀 복잡하다. 그 속이 말이다.
그중에서도 감정이라는 성분과 기억이라는 성분이 화학반응을
일으키면 정말 미치고 환장할 지경에 이르게 된다.

누구나 살면서 크고 작은 마음의 상처를 지니고 살아간다.
사소한 자존심의 상처에서부터, 믿었던 존재로부터 느끼는 배신
감, 사랑하는 이를 떠나보낸 아픔에 이르기까지 무수한 생채기를
몸속에 지니고 있다.
어떤 것들은 하루 이틀이면 아물지만, 어떤 것들은 오래도록 남아
서 지워지지 않는 흔적이 된다.

마음의 상처를 이겨내는 가장 현실적인 방법은 역시 시간이다.
결국, 시간이 흐르면 상처에 대한 기억은 점점 희미해져 가고, 생
채기는 조금씩 아물어져 간다.

사물의 진상

누구나 다 안다. 하지만 실행하는 것은 무지 어렵다.

그 긴 시간 동안 고통을 견뎌내는 것은 오롯이 자신이 할 일이다.

무지 괴롭다.

결국 세월은 세월일 뿐 그 고통을 바로 낫게 해 줄 명약은 아니다.

이별의 아픔으로 불면의 밤을 보낼 때, 좌절감으로 마냥 무너져 내릴 때, 너무나 큰 충격으로 삶의 의욕마저 꺾일 때, 그 아픔과 상처를 단번에 없애줄 기적의 묘약이라도 있으면 좋겠다.

바르면 바로 나아버리는 마법의 연고라도 있으면 좋겠다.

그냥 버티기에 시간은 너무 더디고, 우리는 너무 약하다.

"결국 세월이 약이다 불행하게도"

나에게 마데카솔이란

\#20

문제는 너다

나를
물로 보고
날로 먹으려다
골로 간 건
너다

답답한 건 너다
내가 아니라

네가 문제다
내가 아니라

.
.
.
.
.
.
.

고
구
마

고구마가 무슨 죄인가.

영양소도 풍부하고 항암효과도 있고 저칼로리에, 다이어트 식품
으로는 최고라는데.

맛은 또 어떤가.

이만큼 훌륭하면 알아서들 잘 먹을 것이지 왜 고구마 탓인가.

급하게 먹고 체한 건 먹은 사람의 문제다.

인생에 있어서 과욕은 금물이다.

아무리 좋은 것이라도 준비 없이 급하게 덥석 물었다가는 크게 당
하는 수가 있다.

단번에 뭔가 이룬다는 것은 쉬운 일이 아니다. 중요할수록 급할수
록 시간과 인내가 필요하다.

인생을 살다 보면 욕심이 생기고 그러다 보면 마음이 급해지기 마
련이다.

나도 그랬다.

없는 자본에 무리하게 대출받아서 부동산에 투자했다가 낭패도 보았고, 준비 없이 뛰어든 주식 시장에서 자동차 몇 대 값도 날려 보았다. 차라리 차분하게 적금이나 부었으면 수익률이 훨씬 나았을 것이다.

벼락부자? 정말 쉽지 않다.

경제적인 문제만 그런 건 아니다.

사랑을 얻으려면 참고 기다릴 줄 알아야 한다. 꿈이 있다면 시행착오도 수없이 하면서 때를 기다려야 한다.

사랑도 성공도 한 번에 되지 않는다.

욕심을 부리고 급하게 서둘다가는 오히려 부작용이 생긴다.

부실시공한 인생은 반드시 하자가 발생하기 마련이다. 하자 정도면 다행이다. 완전히 폭삭 내려앉을 수도 있다.

몸에 좋을수록 천천히 꼭꼭 씹어야 한다.

욕심이 날수록 참고 기다려야 한다.

한 방에 뭔가 이룬다는 것은 로또 1등의 확률만큼이나 어렵다.

"천천히
그러나 가장 빠르게
조금씩
그러나 가장 많이"

\#21

이거 만든 사람 천재
그토록 차가운 이슬만으로
이토록 심장을 뜨겁게 하다니

내일이 오긴 온다니?
또 그렇게 아플 거라니?
아냐
내일은 내일인 걸로
오늘만은 그냥 행복한 걸로
.
.
.
.
.
.
.
.
.
.

참
이
슬

술을 좋아한다. 물론 자랑은 아니다. 술이 뭐 좋은 거라고.
무슨 필수 비타민도 아니고, 부작용이 많은 논란의 소비재이다.
인정한다.

술로 인해 잃은 것들도 많다. 간부터 무릎까지 좋은 데가 없다.
술 때문에 기억하기 싫은 실수도 많이 했고, 가정적인 남편이자
아빠라는 타이틀도 일찌감치 포기했다.

나는 '그럼에도 불구하고' 술과 함께한 인생을 후회하지 않는다.
나의 사람들, 숱한 대화들, 때로는 싸우고 때로는 웃고 때로는 눈
물지었던 그 많은 시간들이 쌓이고 쌓여 나의 인생이 되었다.

가슴 뛰던 사랑의 추억, 모닥불과 친구들의 노랫소리, 대박 한번
치자며 잔을 들던 동료들과의 파도타기를 부정할 수는 없다.
포장마차의 해장라면과 김광석의 노래와 속초의 밤바다와 겨울

사물의 진상

방어회와 숯불에 익어가는 갈매기살을 부정할 수는 없다.

미래는 아직도 어둡고 어깨는 여전히 무겁다.

나는 '그러거나 말거나' 술을 포기할 수는 없다.
매일매일을 제정신으로 온전히 버티기 어렵다면 하룻밤이라도
작전타임이 필요하다.
고단한 오늘 하루와 고단할 내일 하루 사이, 현실과 현실 사이,
그 몇 시간이라도 '심장이 뛰는 일탈'이 필요하다.
'지금만이라도 현실 잊기'가 필요하다.
그래서 나는 아직 술이 필요하다.

"하루와 하루 사이
현실과 현실 사이
당신만의 작전타임은 무죄!"

사물의 진상

나에게 참이슬이란

\#22

뭐 있어
인생 한 방이지

그냥 이렇게
있지만은 않을 거야

기다려봐

언젠가
내가 가진 모든 걸
탈탈 털어서
크게 한 방 터트려줄게

인생 뭐 있어
한 방이라니까

.

.

.

.

소 화 기

소화기는 일생 단 한 번 사용하기 위해 태어난 물건이다.
평소에는 현관문 앞이나 복도 끝을 어두커니 지키고 있을 뿐이다.
그래서 그런지 빨간 페인트로 온몸을 칠갑한 채 아무리 서 있어
도, 평소에는 눈에 잘 띄지 않는다. 눈길 한 번 받지 못한다.

그야말로 존재감 제로다.
하지만 오직 한 번, 아주 위급하고 중대한 상황에서, 속에 든 모든
것을 다 뿜어내고 장렬히 전사한다.
오직 그 한 번을 위해 소화기는 존재한다.

존재감 제로인 사람들이 있다. 집에서도 학교에서도 사회에서도
얼마든지 있다.
있으나 마나 한, 그래서 없어도 될 것 같은, 때로는 없으면 좋을 것
같은 사람들이 있다.

생활의 진상

하지만 그건 우리가 잘못 본 것이다.

아무리 무능력해 보이고 무기력해 보여도 그 속에 얼마나 치열한 노력이 있는지 우리가 모를 뿐이다.

그 속에 얼마나 절박한 꿈이 있는지 우리가 모를 뿐이다.

지금 당장은 복도 끝에서 먼지나 뒤집어쓰고 있는 붉은 쇳덩어리 처럼 보일지라도 그가 얼마나 빛나는 존재였는지 나중에 알게 될 것이다.

얼마나 위대한 힘으로 세상을 지켜 주었는지 아주 나중에 알게 될 것이다.

"아무리 보잘 것 없어 보여도
그에게 어떤 치열한 삶이 있는지
당신은 모른다"

II

생활의
진상

\#1

뭐라고 말도 못 하고
참고 또 참았다가
그래도 그냥 자기 뭣해서
소주 한잔하고 누웠는데
니가 왜
울고 지랄이야
눈물 나게
.
  .
.
  .
.
  .
.
  .
.
  .
.
  .

비

비는 다수의 물과 소수의 화학물질, 이를테면 암모늄, 질산, 이산화질소, 철 등으로 이루어져 있다고만 안다면 그것은 겉만 아는 것이다. 석굴암을 보고 돌로 이루어져 있다고 생각하는 수준이다. 사실, 비에게는 남들이 잘 알지 못하는 출생의 비밀이 있다.

비는 천부적인 예술적 기질을 가지고 태어났다. 그러나 동시에, 그것이 치명적인 약점이기도 했다.
섬세하고도 광기 어린 그의 예술성이 발휘될 때마다 자기 자신을 주체할 수가 없었다. 감정을 이기지 못하는 날이면 술에 취한 채 밤하늘을 미친 듯이 뛰어다니며 눈물을 쏟아내었다. 쏟아지는 그의 눈물은 사방으로 흩날렸고 애꿎은 사람들을 감염시켰다.

그래서 비는 필연적으로 술을 동반하고 눈물을 동반한다.
비 오는 날, 왠지 울적하고 술이 생각나면 그냥 즐겨라.
그것은 당신이 약해서가 아니다. 비 때문이다.

비 오는 날, 끝나버린 사랑이 문득 떠오르고, 도저히 참을 수 없어 눈물이 흘러내리면 그냥 흘려라.

그것은 당신이 못나서가 아니다. 비 때문이다.

비 오는 날, 삶은 어깨를 짓누르고 세상에 혼자밖에 없다는 생각이 들면 그냥 소리 내어 울어버려라.

당신이 지는 것이 아니다. 비 때문이다.

누구의 아버지로, 누구의 아내로, 누구의 아들로, 누구의 동료로 사는 것이 그리 쉽지가 않다. 현실의 무게를 억지로 버티면서 참지 말자. 나의 감정을 속이지 말자. 참다가, 참다가 그래도 힘들면 한 번만이라도 실컷 폭주하자.

괜찮다. 모두 그놈의 비 때문이니까.

"비가 오는 걸 어떡해
눈물이 나는 걸 어떡해
이렇게 힘든 걸 어떡해"

#2

너를 떠나보낸 후
어느 날 문득

무료한 오후 카페에 앉아
맞잡았던 너의 손길이
사는 얘기 연예인 얘기
시시콜콜 그 대화가
소주 1차 생맥주 2차
무수한 그 밤들이
가슴 시리도록 그리워졌다

너를 떠나보낸 후
어느 날 문득

둘이 거닐던
푸른 봄 햇살과
함께 바라보던
파란 여름 바닷가가

생활의 진상

갈색 찬바람이 몰아 친 후에야
가슴 뜨겁도록 그리워졌다

너를 떠나보낸 후
어느 날 문득
둘이 듣던 그 노래처럼
눈물이 흐른 후에야
문득
.
.
.
.
.
.
.
.
.
.

코로나

이별 후에야 사랑의 소중함을 안다.

그저 평범했던 날들, 같이 걸었던 길, 둘이 나누던 대화, 따뜻했던 손길이 얼마나 소중한 것인지 그때는 모른다.

귀찮아지고, 짜증도 나고, 결국 별것 아닌 이유로 헤어진 후에야 문득, 자신이 얼마나 소중한 것을 내팽개친 것인지 알게 된다.

자신의 나태와 오만이 무슨 결과를 초래했는지 그제야 깨닫게 된다.

소중한 것들은 지나가 봐야 안다.

집에 들어가면 항상 반겨주는 가족, 매일 드나드는 회사, 친구들과의 시시한 농담, 하다못해 쏟아지는 햇살과 맑은 하늘, 네온 반짝이는 밤거리까지……. 그런 평범한 일상들이 얼마나 소중한 것인지는 잃어보면 금방 알게 된다.

자신이 얼마나 행복했던지, 그동안 얼마나 나태하고 얼마나 건방졌던지는 지나고 봐야 알게 된다.

이 무시무시한 바이러스는 분명하게 알려주었다.

우리가 그동안 얼마나 많은 것을 가지고 있었고 얼마나 많은 것을 낭비했는지, 얼마나 탐욕스러웠고 얼마나 오만방자했는지, 뼈저리게 깨닫게 해 주었다.

만약 떠나간 연인이 다시 돌아온다면 예전처럼 철없이 대하지는 않을 것이다.

절대 다시는 그 사랑을, 그 행복을 놓치지는 않을 것이다.

우리에게 다시 예전의 일상이 돌아온다면 그렇게 할 일이다.

사랑처럼 그렇게 할 일이다.

"	잃	어	버	린		후	에	야
	소	중	함	을		알	고	
	떠	나	간		후	에	야	
	사	랑	임	을		안	다	"

나에게 코로나란

\#3

거친 거리에서 살아 돌아와
짧은 봄 햇살에 몸을 뉘었다

바람에 흔들리는
팔 다리 가슴 발

젖은 몸을 뒤척이다
잠이 들었나

아니면

울고 있나
나는
.
.
.
.
.
.

빨
래

거우내 입었던 옷들을 세탁소에 맡겼는데 몇 주가 지나도 연락이 없어서 세탁소를 찾아간 적이 있다.

그런데 세탁소 실수로 내 옷들을 다른 사람이 찾아갔다는 것이다.

우여곡절 끝에 그 옷들을 다시 찾긴 했지만, 그 옷들이 없는 며칠 동안 괜히 불안하고 허전했다.

그 옷들이 계속 생각났다.

그 싸구려 낡은 옷들에 왜 그리 집착했는지 나중에야 깨달았다.

새 옷들과는 바꿀 수 없는 나의 분신이기 때문이었다.

나의 시간을 함께한, 추억과 고민과 노동을 같이 견뎌왔던 분신이기 때문이었다.

보풀이 일고 색이 바래지고 무릎이 튀어나왔더라도 그것은 부정할 수 없는 나 자신이기 때문이었다.

미세먼지 없는 맑은 날, 빨래를 널었다.

생활의 진상

지난 일주일을 씻어서 널었다. 나를 널었다.

지나온 시간들이 후회스럽고 초라하더라도 어쩔 수가 없다.

부정할 수 없는 나의 시간들이었다.

그저 그 후회들을 꾸역꾸역 씻어내고 다시 시작하는 수밖에 없다.

땀과 눈물을 닦아내고 다시 일어서는 수밖에 없다.

그동안 잘 버텼다. 수고했다 토닥토닥. 다시 시작하면 되지. 그게
인생이지.

햇볕이 따사롭다. 바람에 내가 흔들거린다.

몸에서 배어 나오는 물기……

땀인지 눈물인지 모를 물기가 바람에 뚝뚝 떨어진다.

"아무리 초라하고
 보잘 것 없더라도

나 자신을 가장 사랑해야 하는 사람은
나 자신이다"

나에게 빨래란

#4

일 년을 기다려 핀 꽃이
하루 비바람에 떨어지고

백 년 청청한 소나무가
하루 날벼락에 부러진다

끝날 때까지 끝난 게 아니다

하늘도 무너지는 마당에
땅이야 말 다 했지

꽃길일수록
발밑을 조심할 것

추락하는 것은
날개가 있다
.

.

.

싱
크
홀

어떻게 달려온 길인데. 어떻게 살아온 인생인데.
앞으로는 꽃길만 걸을 거라 방심하는 그 순간에 위기는 온다.
추락은 한순간이다.

한 사람의 인생은 엄청난 노력과 숱한 우여곡절 그리고 수많은
사람들의 도움과 희생으로 만들어진다.
태어난 순간부터, 이루 말할 수 없는 부모의 희생은 물론이고,
기나긴 학업의 시간, 취업, 결혼생활, 사회생활……
한 사람의 인생에 투입되는 에너지와 자본의 총량이 어마어마
하다.

더군다나 훌륭한 인재 하나 키워내기 위해서는, 본인의 피나는
노력은 물론이고, 온 사회의 시스템이 작동되어야 한다. 결코 혼
자만의 문제가 아니다.

그런데, 그렇게 어렵게 쌓아 올린 탑이 무너지는 것은 한순간이
다. 일생을 바친 눈부신 성과가 한순간에 물거품이 되는 것이다.

불행하게도 우리 주위에는 그렇게 무너지는 사람이 적지 않다.
한순간의 방심으로, 한순간의 자만으로 그동안 쌓아온 꿈과 사랑
과 명예를 허무하게 날려버리는 것이다.

이제 할 만큼 했다고 느낄 때, 정상에 서 있다고 느낄 때 더욱 조심
해야 한다.
우리 인생에는 숱한 싱크홀이, 숱한 크레바스가 곳곳에 도사리고
있다.
방심하면 한순간에 추락한다. 그리고 그 추락의 충격은 회복하기
힘들다.

이카루스의 꿈은 실패했고, 추락은 잔인했다.

"쌓아올리는 것은 한평생일지라도
무너지는 것은 한순간이다"

\#5

하늘 맑은 5월이었으면 좋겠다
아니 찬바람 살짝 부는 10월도 좋겠다
너무 덥지도 않고 너무 춥지도 않은 날
노을이 붉어 술이 땡기는 날
간만에 반가운 사람들 만나
껍데기에 소주 한 잔 하고
알딸딸 취해 와서 마누라에게 욕먹고
간만에 놀러 온 딸 붙잡고
맥주 딱 한 병씩만 마시자
아빠는 그 나이에 아직 술이 들어가
내가 진짜 술 없었으면 이 세상 못 살았다
그렇다고 내가 대강 산 건 아니다
이 정도 버텼으면 인정해주라
응 그건 인정
그래그래 그러면 됐다
진짜 그러면 됐다
그리고는 마당에서 몰래
끊었던 담배 한 개비 피울 때

뿌연 연기 위로
커다랗고 둥근달
세상에서 가장 예쁜 색깔로
환하게 웃고 있는 보름달이면 됐다
그러면 됐다
진짜 그러면 됐다

   .
   .
   .
   .
   .
   .
   .
   .
   .
   .
   .
   .

달

평범하게 죽고 싶다.

나를 존경하고 사랑하는 수많은 사람 앞에서 영광스럽게 죽지도
말고

반지하 구석에서 비참하게 혼자서 죽지도 말고

인공호흡기 꽂고 요양병원에 누워 죽는 것도 모르고 죽지도 말고

평생 그토록 벗어나 보고자 했던 평범함이 어쩔 수 없음을 알고

그 평범함이 얼마나 소중한지 깨닫고 또 깨닫는 그 어느 날,

달이 환하게 뜬 날에 죽고 싶다.

인생을 살아보니 알겠다.

그렇게 살아온 것처럼 그렇게 살아가리라는 것을 알겠다.

그렇게 꿈꾸고 노력하고 또 포기하며 살아가리라는 것을 알겠다.

완벽한 해피엔딩은 없을 것이라는 것을 알겠다.

평범할 것이라는 것을 알겠다.

그게 소중하다는 것을 알겠다.

언제나 그랬던 것처럼

마지막 날도

적당히 실수하고 적당히 후회하고

적당히 반성하고 적당히 만족하다 가고 싶다.

내일은 나아질 거라고 꿈을 꾸다 가고 싶다.

평범한 날에 잠을 자듯 가고 싶다.

운이 좀 더 좋다면

친구가 보고 싶고 가족이 반가운 날

술 한 잔이 아직 맛있고 담배 한 모금이 아직 그리운 날

돌아보니 그렇게 부끄럽게 살지는 않았구나, 문득 생각이 드는 날

바람은 살랑 부는데 고개를 들어 밤하늘을 보니 하얗게 달이 뜬 날

무슨 소원이라도 들어줄 것 같은 커다란 보름달이 뜬 날,

그런 날에 죽고 싶다.

"	적	당	히		만	족	하	고
	적	당	히		후	회	하	고
	적	당	히		살	아	내	다	가
	그		어	느		날	…	"

나에게 달이란

#6

그들은 서슬 퍼런 얼굴로 물었다
당신이라면 어떻게 하실 겁니까?
잠시 고민하던 그가 말했다
당신 중에 죄 없는 사람 있으면 돌로 쳐라

그러자

어디선가

무수한 짱돌이 날아들었다.
.
　　.
　　.
　　.
　　.
　　.
　　.
　　.
　　.

악
플

선생이여, 이 여자가 간음하다가 현장에서 잡혔나이다.
모세는 율법에 이러한 여자를 돌로 치라 명하였거니와 선생은 어
떻게 말하겠나이까?
이에 일어나 가라사대,
"너희 중에 죄 없는 자가 먼저 돌로 쳐라."
이 말씀을 듣고 양심의 가책을 받아 어른으로 시작하여 젊은이까
지 하나씩 하나씩 나가고 오직 예수와 그 여자만 남았더라.

성경 요한복음 8장 구절이다.
죄를 지은 여인에게 돌을 던지려는 시민들, 고민하던 예수님이 내
놓은 명답에 양심의 가책을 받은 사람들이 흩어졌다는 이야기다.

하지만 그 명답은 지금은 유효하지 않다. 최소한 사이버 세상에서
는 그렇다. 어딘가 숨어서 히죽거리고 있다가 사정없이 돌을 던져
버린다.

그 사람이 죄가 있든 없든 그것은 문제가 되지 않는다.

'너희 중에 로그인 한 자 돌로 쳐라.'
물론 자신은 그냥 돌 하나 던졌을 뿐이라고 항변할 것이다.
하지만 이것은 엄연히 미필적 고의다. 집단 광기에 편승한 공동정
범이다.
분명히 알아야 한다. 그 돌에는 피 냄새가 진동한다는 것을.

죄 없는 자가 돌을 던지는 것이 아니라,
돌을 드는 순간 죄인이 된다.

"가장 잔인한 범죄는
아무도 범인이 아닌 범죄다
......

모두가 범인인 범죄다"

#7

길은 어둠 속으로 뱀처럼 휘어지고
검은 비바람이 좀비처럼 덮쳐왔다

세상이 덜컹거릴 때마다
인생도 흔들거리고 있었다

떠나고 남는 것은
하늘의 일이라는 것을 아는 이들은
체념이라도 한 듯이
낯선 이의 어깨에 기댄 채
죽음 같은 쪽잠이 들었다

아무도 누구에게 아무도 아닌 사람들
모두가 모두에게 모두인 사람들
나란히
같은 길을 가고 있었다

검은 눈물이 좀비처럼 덮쳐왔디
.
.

시내버스

마지막 시내버스의 차창 밖으로 비가 부슬부슬 내리기 시작했다.
와이퍼는 삐꺽거리며 힘겹게 빗물을 털어내고 있었다.

하지만 사람들은 개의치 않는 듯 눈을 감고 덜컹거리는 버스에
몸을 맡긴 채 흔들거리고 있었다.

다양한 연령대, 다양한 모습을 한 사람들. 이 늦은 시간에 어디서
무얼 하다가 돌아가는 것일까. 저마다 무슨 사연을 품고 있는 것
일까?

승진한 친구가 사준 술이 왠지 독해서 졸음이 쏟아지는 50대 직장인.

밤늦게까지 학원에서 공부하다 돌아가는 20대 취업 준비생.

식당 일을 끝마치고는 남은 반찬통을 품에 안고 잠이 든 60대 아
주머니.

치매 아버지를 요양병원에 모셔놓고 왠지 마음이 휑한 40대 주부.

오늘 하루를 공치고는 걱정이 태산인 60대 노점상 아저씨…….

생활의 진상

다수의 아버지와 다수의 어머니

다수의 아들과 다수의 딸

다수의 땀과 다수의 눈물

다수의 미련과 다수의 체념⋯⋯.

한 치 앞도 보이지 않는 어둠 속을 달리는 시내버스.

서로에게 아무도 아니고 서로에게 아무도 되어줄 수 없는 공간.

하지만 결국 같은 길을 가는 사람들. 알고 보면 서로의 꿈과 현실,

희망과 눈물이 씨줄 날줄처럼 얽혀있는 사람들.

흔들리는 이 세상에서 기댈 곳이라고는 서로의 낯선 어깨뿐인 사

람들.

그래서⋯⋯ 너무나 닮은 우리들.

마지막 시내버스는 그렇게, 서로의 과거와 현재와 미래를 실은

채, 덜컹거리며 어둠 속으로, 세상 속으로 달리고 있었다.

"덜컹거리는 세상
  흔들거리는 인생

생활의 진상

기댈 곳이라고는 결국
서로의 어깨뿐"

나에게 시내버스란

#8

괜찮다
다 괜찮다
빛나는 노란 눈동자

괜찮지 않아도
다 괜찮다
그 맑은 눈으로

바람이 불면 부는 대로
비가 오면 오는 대로
아프면 아픈 대로 그렇게
다 괜찮다고

지금처럼 그렇게
괜찮다고
괜찮을 거라고

내일은 그냥 내일이라고

어두운 밤 불쑥
그 맑고 큰 눈으로

길
고
양
이

우리 동네 길고양이 중 한 마리가 새끼를 넷이나 낳았다.
노랗고 커다란 눈을 가진 하얀색 암고양이는, 자신을 닮아 너무나
예쁜 새끼들을 이끌고 골목길을 돌아다니기 시작했다.

그때부터 바빠졌다.
사료와 물이 떨어지지 않게 밤낮으로 신경을 썼다.
그리고 그때부터 걱정도 많아졌다.
행여 굶지는 않을지, 어린 새끼들이 차에 치이지는 않을지, 이상
한 사람이 해코지는 하지 않을지, 내일이 폭우라는데, 다음 주에
는 폭염이 이어진다는데…… . 걱정에 걱정이 이어졌다.

한편으로는 화가 났다.
시궁창을 전전하면서, 쓰레기통을 뒤지면서, 자신의 끼니 한 끼
제대로 못 챙기면서 무슨 각오로 새끼를 네 마리가 낳았나, 무슨
이런 무책임한 모성애가 있나, 도대체 아비란 놈은 어떤 놈이냐,
이 험한 세상을 어떻게 살아가려고 저러나…… .

생활의 진상

그러던 어느 날 늦은 귀갓길, 집 앞에서 어미와 마주쳤다.

녀석은 그 노랗고 커다란 눈으로 나를 한참이나 쳐다봤다. 나도 홀리듯 녀석의 눈을 바라봤다.

너무나 맑은 눈동자. 평화롭고도 우아한 눈빛.

그때 깨달았다. 내가 괜한 걱정을 했다는 것을.

바람이 불든 비가 오든 폭염이 쏟아지든 무슨 상관이냐고.

내일 무슨 일이 벌어지든 지금 무슨 상관이냐고.

걱정해서 무엇하냐고. 지금 그대로 그냥 괜찮다고.

녀석은 그 맑고 큰 눈으로 한참을 쳐다보더니 어둠 속으로 천천히 사라졌다.

술이 깨기 시작했다.

"	오	늘		하	루				
	괜	찮	았	지	?				
	걱	정	마						
	내	일	도						
	괜	찮	을		거	야	"		

생활의 진상

#9

너의 낡고 헐렁한 양복 사이로
빛바랜 망토를 보았다

너의 닳고 헤진 소매 틈으로
녹슨 무쇠 팔을 보았다

애써 잊었던 우리의 과거를
나는 보고 말았다

그날의 위대한 맹세는
알코올 속으로 날아가 버리고

삐걱거리는 무릎으로는
땅을 박차 오를 수 없어도

우리는 언제나 우리였다

때가 오면 언젠가는

생활의 진상

지축을 울리며
하늘로 날아올라
지구를 구해내고 말 거라는 것을

우리는 아직
끝나지 않았다는 것을

나는 기어이 알고야 말았다
.
.
.
.
.
.
.
.
.

슈퍼
히어로

마징가와 태권브이가 악당을 물리치는 모습에 얼마나 흥분했었나. 슈퍼맨과 배트맨이 지구를 구하는 모습을 보고 얼마나 가슴을 쓸어내렸나.
망토를 휘날리며 무쇠 팔 무쇠 다리로 세상을 지키겠다고 또 얼마나 다짐했었나.

우리는 한때 모두가 슈퍼 히어로였다.
악의 세력을 물리치고 지구를 지키겠다고 다짐했었다.
불의에 맞서 싸우고 세상과 타협하지 말자고 서로를 격려했었다.
하지만 세상은 만만치 않았고 우리의 초능력이 쉽게 통하지 않는다는 것을 깨달아 갔다. 지구는커녕 가족을 지키기도 힘들다는 것을 알게 되었다.

과거를 잊어버린 수많은 '전직' 슈퍼 히어로들이 거리를 헤매고 있다.
망토는 색이 바래고 무쇠 팔은 녹슬었다. 관절염에 절뚝거리고,

술 한 잔에 비틀거리는 신세가 되었다.

아파트에 목숨 걸고 주가에 쩔쩔매는 기성세대가 되었다. 빈약한 지갑에 실직의 공포에 안절부절못하는 소시민이 되었다. 조그마한 이해관계에도 네 편 내 편 나눠서 싸우는 찌질이가 되었다.

우리는 우리의 과거를 기억해야 한다. 우리에게는 영웅의 피가 흐르고 있다는 것을 잊지 말아야 한다.

현실에 숨고 세상을 핑계 대는 겁쟁이는 되지 말아야 한다. 한 줌도 안 되는 권력에 기세등등한 꼰대는 되지 말아야 한다.
지구를 지키지는 못하더라도 최소한 자존심은 지켜야 한다.
돈은 없어도 '가오'는 있어야 한다.

잊지 말아야 한다. 우리에게는 아직도 펄럭이는 망토와 꿈틀거리는 무쇠 팔이 있다는 것을.

"쉿!
우리가 슈퍼 히어로라는 것은
우리만의 비밀!"

\#10

마음이 아플 땐 혼자 머물기

타인과 일정한 거리 두기

집에 와서는 깨끗이 세상 잊기

집착을 버리고 잠시 쉬어가기

외로울 때는
외로운 게 죄는 아니라는 사실을
환기하기

거리는 멀어져도 마음은 가까이 있다고
그렇게 한번 믿어보기
.
.
.
.
.

생활수칙
코로나

세상은

나를 아는 소수의 사람과 나를 알고 싶지 않은 다수의 사람과

나에게 관심 있는 몇 사람과 나에게 관심 없는 많은 사람과

나를 좋아하는 몇몇 사람과 나를 좋아하지 않는 꽤 많은 사람과

그리고 그 사실을 잘 모르는 나로 이루어져 있다.

정도의 차이는 있어도 그 비율은 쉽게 바뀌지 않는다.

아무리 노력해도 '팔로워'나 '좋아요' 숫자에는 한계가 있고, 아무리 잘해 보려고 애써도 주위에는 늘 적이 생긴다.

그런데도 하면 된다는 자신감으로 목숨 걸어봐야, 지치고, 상처받고, 배신감만 느낄 가능성이 크다.

이럴 때 가장 현명한 방법은 타인과 거리를 두는 것이다.

정확하게 말하면, 타인에 대한 나의 집착과 거리를 두는 것이다.

아무리 노력해도 한계가 보이고 오히려 상처마저 받는 일을 계속

생활의 진상

하는 것은 가성비가 너무 떨어진다.

관심을 주고받는 것은 좋은 일이다.
하지만 그로 인해 내가 아프거나, 타인과의 관계에 오히려 악영향
을 미친다면 그 관심을 조금 줄일 필요가 있다.
붙어서 싸우느니 떨어져서 그리운 게 나을 수가 있다.
나뿐만 아니라 상대를 위해서도 좋은 일이다.

인간은 사회적 동물이면서 동시에 이기적 동물이다.
우리는 지금도 충분히 많은 인간관계 속에서 부대끼고 있다.
지금보다는 나 자신에 조금 더 집중하고, 타인에 대해 조금 더 무
관심해진다면, 인생은 더 자유롭고 더 행복해질 수 있다.

"타인과 거리 두기
세상과 거리 두기
내 속의 집착과 거리 두기"

#11

내 이름을 함부로 입에 올리지 마세요

내가 누굴 사랑했던 안 했던
한때 사랑했으나 지금은 아니든
그래서 지금 외롭든 아니든
당신이 알 바 아니에요
붉은 립스틱과 긴 생머리와 노란 원피스는
내 맘이지 당신 때문이 아니에요
오늘 왠지 울적해서 술이 고파도
부모님이 마침 여행 가서서 집이 비었어도
내 사정이지 당신 때문이 아니에요

나의 한숨과 눈물과 아픔과 인생은
당신의 술잔 앞에 놓인 노가리가 아니에요
마음대로 지지고 볶아도 되는 닭똥집이 아니에요

그러니 제발
그 입 그만 다물고

너나 잘하세요

마리아

막달라

나는 그쪽에는 문외한이라 정확하게는 모른다.

예수의 죽음과 부활을 누구보다 가까이서 목격한 충성스러운 제자였는지, 그래서 예수가 가장 아끼고 사랑한 제자였는지, 그 후 권력 다툼에서 밀려나고 무시당하고 후대에는 창녀라는 누명까지 뒤집어쓰고 차별과 놀림의 대상이 되어버린 비운의 성녀였는지, 정확히는 잘 모른다.

하지만 확실한 것은 아주 오래된 그 이야기가 지금도 너무 실감난다는 것이다. 동서고금을 통하여, 아니, 현재 이곳에서도 아주 흔해빠진 이야기라는 것이다.

선의의 행동과 노력이 오해와 무시를 당하는 것을 넘어 누명까지 덧씌워져 당사자에게 씻을 수 없는 상처를 주는 경우가 허다하다. 그게 가벼운 호기심으로 시작되었던, 고의성 짙은 시기와 질투로 시작되었던, 이야기에 살이 붙고 MSG가 듬뿍 뿌려지면 눈덩이는 집채만큼 커지게 마련이다.

더군다나, 조직적이고 정치적인 의도가 깔린 차별과 집단 따돌림으로 번지면 돌이킬 수 없는 결과를 초래하고 만다.

SNS를 통한 소통이 통제할 수 없을 정도로 발달한 요즘은 일이 더욱 심각해진다.

정체불명의 찌라시에, 제대로 팩트체크도 하지 않고 달려드는 네티즌들의 폭주가 더해져 버리면 그야말로 핵폭탄이 되고 만다.

유명세를 타는 정치인이나 연예인에 국한하지 않는다.

지극히 평범한 사람들 사이에, 학교 내에서, 직장 내에서, 공동체 내에서 비일비재 일어나고 있는 일이다.

그 마녀사냥은 끝내는 누군가 죽어야 끝이 나는 무자비한 결과를 낳기도 한다.

2천 년이 지난 지금까지도, 아니 오히려 더, 성녀가 창녀가 되어버리는 야만적인 비극은 계속되고 있다.

"나쁜 시력과 어설픈 머리와 성급한 혀가 사람을 죽이고 세상을 망친다"

\#12

니가 가장 외롭고 힘들 때 갈게

가장 어둡고
가장 메마를 때

찬바람에 온몸이 휘청거리고
뼛속까지 저려오는 통증이 너를 휘감을 때
거리가 온갖 오욕과 갈등과 패배감으로 얼룩질 때

내가 가서
잠시라도 위로해 줄게

한때 우리도
이렇게 순수했었지
이렇게 맑은 색깔을 가지고 있었지

잠깐이라도
어린아이처럼 하얀 이 드러내고 웃어보라고
어제와 내일은 잊어버리라고
오늘은 그냥 웃어보라고

내가 가서
하얗게 안아줄게
.
.
.
.
.
.
.
.
.
.
.

눈

눈은 우리가 가장 힘들 때 온다.

매서운 겨울 추위가 시작되고, 찬바람이 골목을 스치고, 대지는
메말라 갈라지고, 거리에는 버려진 쓰레기들이 나뒹굴고, 하늘은
잿빛으로 물들어 이 세상이 끝날 것처럼 느껴질 때, 눈은 온다.

그래서 눈은 가장 아름답고 가장 따뜻하다.
무심코 문을 열었을 때, 하얀 눈이 소리도 없이 내려앉아 있는 걸
볼 때만큼 신기한 경험이 없다.
하얀 지붕들과 하얀 거리와 하얀 차와 하얀 나무들……。
눈이 만들어 낸 이 놀랍고도 경이로운 매직에 누구나 미소를 띠게
마련이다.

하지만 눈이 와서 하얗게 세상을 덮어 봐야 한순간이라는 것도
우리는 안다.

추운 겨울이 아직 많이 남았다는 것을,
현실은 쉽게 변하지 않는다는 것을 우리는 안다.

월급이 두 배 오를 일도 없고, 안 되던 사업이 갑자기 번창할 일이
없고, 없던 조상 땅이 갑자기 생길 일도 없다는 것을 안다.

그래도 우리 인생에 가끔은 '서프라이즈'가 필요하다.
이 우울하고 어두운 현실 속에서 한 번쯤 환하게 웃을 일이 있다
는 것. '반전'이나 '역전'은 아니라 하더라도 잠시나마 현실을 잊고
서로 마주 보고 웃어볼 수 있는 '깜짝 쇼'는, 그래도 한 번쯤은 필요
하다.
하얀 눈처럼 말이다.

"오늘만이라도
그냥 한번 웃어보라고
하얗게 웃어보라고"

나에게 눈이란

#13

우연히 당신을 보았습니다
어떻게 지내는지 물어보려다가
그냥 모르는 체하기로 했습니다

티 하나 없는 맑은 하늘
꽃무늬 원피스에 손에는 아메리카노
당신은 마냥 웃고 있습니다

그동안 어떻게 살아왔는지
얼마나 아프고 힘들었는지
또 내일은 어떡할 건지
묻지 않기로 했습니다

왜냐하면 당신은
붉은 노을이 지는 해변
하얀 벤치에 앉아
이 세상 다 가진 얼굴로 웃고 있으니까요

안부는 더 이상 묻지 않겠습니다
왜냐하면 당신이
웃고 있으니까요
지금 그대로 영원할 것처럼
그렇게 웃고 있으니까요
.
.
.
.
.
.
.
.
.
.
.
.

프
사

프로필 사진을 보다 보면 모두들 행복해 보인다.
슬퍼 보이거나 힘든 일이 있어 보이는 사람은 하나도 없다.
저마다 사랑하는 가족과 단란한 일상을 보내거나 여유롭게 여행
을 다니거나 하다못해 산책길에 찍은 꽃 사진 하나에도 행복이 넘
쳐 보인다.

인생이 어찌 마냥 행복하기야 하겠나.
아팠던 어제, 고단한 오늘, 불안한 내일이 왜 없겠나.
그래서 프로필 사진 속 그대의 모습은 역설적이다.
행복해 보이면 보일수록 그 미소 뒤에 감춰진 현실의 그림자가 꿈
틀댄다.
그래서 프로필 사진을 보고 있으면 어쩐지 슬퍼진다.

그렇다고 프로필 사진이 무슨 사기라도 된다는 이야기는 아니다.
분명한 그대의 모습이다. 그대가 꿈꾸는 그대의 모습이다.

생활의 진상

언젠가는 다시 돌아갈 그대의 미래이다.

그러니 현실 따위는 잠시 던져버리고 햇빛 환한 창가에 서보자.
노을 지는 벤치에 앉아보자. 그리고 이 세상 다 가진 미소로 웃어
보자.
행복하게. 더 행복하게.

"꿈은
꿈꾸는 사람에게
돌아온다"

#14

※ 다음을 읽고 공통점을 유추하시오

① 100kg → 80kg → 90kg → 100kg

② 소주 5병 → 사이다 → 소주 1잔 → 소주 5병

③ 냉면집 아들 → 유학생 → MBA → 냉면집 사장

④ 금 → 금 → 금 → 금

⑤ 흙 → 흙 → 흙 → 흙

.

.

.

.

.

.

.

.

.

.

D
N
A

DNA라는 것이 무섭다.

길을 가다 보면 누가 뭐래도 한 가족이라는 것을 단번에 알아보는 경우가 있다.

몸집이 좀 나가는 집안, 키가 큰 집안……. 아버지의 머리숱을 보고 아들의 머리카락을 쳐다보면 십중팔구 아들의 미래가 보인다.

알코올도 유전이다. 부모가 술을 좋아하면 자식이 아무리 피하려 해도 술꾼으로 변해갈 확률이 높다.

이 정도면 다행이다.

불행하게도 암과 같은 질병이나, 심지어 우울증 같은 정신적인 문제도 유전이 된다니, 핏줄이라는 것이 정말 무서운 것이다.

그런데 선천적 DNA보다 더 무서운 것이 있다. 후천적 DNA이다.

후천적 DNA가 치명적인 이유는 몸속에 타고나는 것이 아니라 우리 사회가 만들어낸다는 데에 있다.
왕후장상의 씨를 환경이 만들어낸다는 데에 있다.

부의 대물림, 가난의 대물림이라는 악순환. 그 고리를 끊어내기가
만만치가 않다.
기업이나 가업을 자식에게 물려주는 정도는 애교 수준이다.
의사 집안은 의사를 낳고 강남 주민은 강남 주민을 낳는다.
금수저는 금수저를 낳고 흙수저는 흙수저를 낳는 세상. 무섭다.

선천적 DNA가 백 퍼센트 유전되지 않듯이, 후천적 DNA도 백 퍼
센트 유전되지는 않는다.
개인의 노력으로 이겨낼 수 있다.
하지만 개인의 노력'만'으로 이겨낼 수는 없다. 그래서도 안 된다.

사회와 환경이 만들어 놓은 DNA는 사회와 환경이 해결해야 한다.
우리 모두가 함께 해결해야 한다. 그래야만 한다.

"공정은

모든 출발점에서 온다"

나에게 DNA란

#15

이번 생이 처음이라
버퍼링

당연히 좌충우돌
업데이트

그래도 포기할 순 없잖아
리부팅

가면 갈수록
살면 살수록
와이파이 대략 난감

하느님
죄송한데
비번 좀 가르쳐 주세요
.

.

.

.

5
8
6

한때는 신상이었다. 엄청난 용량과 속도를 자랑했다.

혈기왕성했다.

일도 사랑도 거칠 것이 없었다. 세상에 대한 열정도 불타올랐다.

취직도 하고 결혼도 하고 집도 사고 아들딸도 낳았다.

일하고 일하고 또 일했다.

비틀거리기도 하고 엎어지기도 하고 다시 일어서기도 했다.

그러면서 점점 느려져갔다.

세월이 흐른다고 반드시 나아지지 않는다는 것을 깨달았다.

한 번의 실수가 두 번 세 번 이어질 수 있다는 것을 깨달았다.

뒤처지고 굳어가고 밀려난다는 것을 느꼈다.

때로는 꼰대라고 손가락질 받는다는 것을 느꼈다.

어느새 갈라서고 미워하고 싸우고 있다는 것을 느꼈다.

나쁜 것은 점점 더 나빠질 수 있다는 것을 깨달았다.

생활의 진상

문제는 아직도 끝이 아니라는 것이다.

아직도 처음 그때처럼 불안하고 흔들린다는 것이다.

아직도 서툴고 아직도 갈 길이 멀다는 것이다.

아직 전원을 꺼버릴 때는 아니다.

용량이 적은 만큼 지울 것은 지우고 새로 채울 것은 채워야 한다.

느리고 둔한 만큼 더 오래 더 깊이 생각하고 행동해야 한다.

아직도 실수하고 방황한다는 것을 인정해야 한다.

끝없이 신호를 찾아야 한다.

아직 끝나지 않았다.

그 끝이 어떻게 될지 아직 모른다.

누구나 그렇듯,

이번 생이 처음이니까.

"누구에게나

　이번　생은

　처음이니까！　"

생활의 진상

나에게 586이란

\#16

어제는 그렇게 꿀맛이더니
오늘은 이렇게 쓴맛이네

언제는 그렇게 죽을 맛이더니
이제는 살살 녹는 살맛이네

내 탓인지
세상 탓인지
아니면 그저
맛 탓인지

알다가도 모를 맛이네

이 맛 때문에
내가 산다

죽지 못하고
내가 산다

술

해가 지고 속이 허전해 오면 어쩔 수가 없다.

목이 탈 때 들이키는 소맥 첫 잔은 언제나 환상적이다. 비 오는 날은 파전에 막걸리가 진리고, 여름밤에는 먹태에 생맥주가 또 진리다.

이 맛에 산다며, 그렇게 달리다 보면 결과는 뻔하다. 죽을 맛이다. 다신 안 마신다며 힘들어하다가 또 밤이 찾아오면 슬슬 목이 탄다. 이 무한 반복의 고리를 끊을 수가 없다.

괜찮은 방송 기획이 하나 떠오른다. 너무 재밌을 것 같다고 흥분하기 시작한다. 그러고는 덥석 문다.

아뿔싸! 그 순간부터 일에 일이 꼬이고 사건에 사건이 터지기 시작한다.

매번 그랬다는 걸 알면서 내가 왜 이 짓을 또 시작했을까⋯⋯.

고생길이 뻔히 보이는데도 꽃길만 걸을 거라고 죽자고 덤벼들었다가, 힘들다고, 내가 미쳤다고, 울며불며 후회한다.

그러다가 또 시간이 지나면, 이번에는 뭔가 될 것 같은 희망이 슬슬 보이기 시작한다.

이 무한 반복의 고리를 끊을 수가 없다.

그렇다면 방법은 하나밖에 없다. 끊을 수 없다면 즐기는 것이다.

죽을 맛만 나면 이 세상을 어떻게 견뎌낼 것이며, 살맛만 나면 그건 또 얼마나 비현실적인 인생인가.

지나고 돌아다보면 결국 그저 그럴 인생.

피할 수 없다면 그렇게 일희일비하면서 즐기라는 하늘의 뜻인가 보다.

아, 비도 부슬부슬 오니 갑자기 술이 당긴다. 딱 한 잔 할까?

내일 출근해야 하는데. 그냥 자? 말아?

"피할 수 없으면 즐겨라
　즐겁지 않아도
　그냥 즐겨라
　즐거워질 때까지"

생활의 진상

나에게 술이란

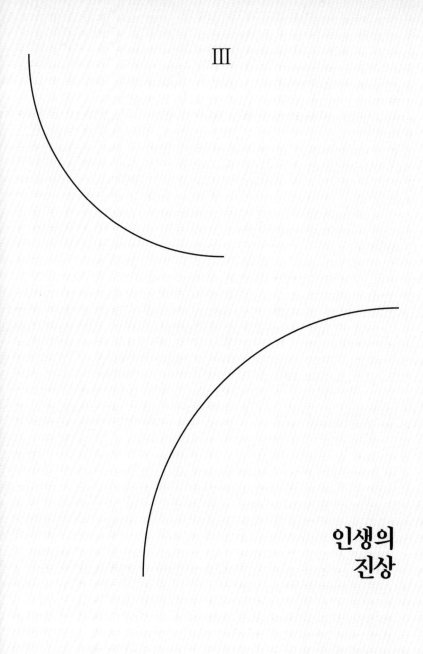

Ⅲ

**인생의
진상**

#1

여기 있어도 좋다고
그냥 있어도 좋다고
빗소리 웃으며 종알거린다

가슴 뛰는 시절은 어느새 가버렸지만
다시 오지 않는다 해도 슬프지 않을 나이

그래도

이렇게 그냥 좋다고
무심하게 그냥 좋다고

빗소리 도란도란 이 밤에
혼자 멍하니 밤하늘 바라본다
.
.
.
.
.
.

옥탑방

비 오는 날, 나만의 아지트인 옥탑방에 앉아 있으면 빗소리가 날
것으로 들린다.
알루미늄 패널 지붕을 때리는 빗소리.
거센 비바람이 요란하게 불 때는 지붕이 날아갈까 걱정이 될 정도
로 시끄럽지만, 이렇게 잔잔하게 내리는 빗소리를 듣고 있으면 기
분이 편안해진다.

폭풍우 몰아치는 격정의 시절은 이제 지나갔다.
가슴 뛰는 흥분과 웃음 터지는 행복이 이제 싫단 말은 아니다.
하지만 이렇게 별일 없이,
큰 행복도 큰 불행도 없는 평화로운 '정전 기간'이 좋다.

하늘 맑은 날, 옥탑 마당 의자에 앉아 앞산을 바라보는 것.
이렇게 도란도란 빗소리 들으며 밤하늘을 바라보는 것.
행복도 불행도 아닌, 기쁨도 슬픔도 아닌, 그냥 평화로운 순간이

인생의 진상

좋다.

앞으로 살아갈 날도 많이 남았고 짊어진 짐도 가볍지 않다.
앞으로 어떤 도전과 실패가 나를 기다릴지 알 수가 없다. 어떤 고
통과 슬픔이 있을지 알 수가 없다.

그렇다 하더라도, 지금만이라도, 그냥 이렇게 무심하게 앉아서,
행복도 불행도 아닌, 기쁨도 슬픔도 아닌, 어제도 내일도 아닌
이 순간을, 이 무심하고 가치중립적인 시간을 보내는 것이 내게는
소중하다.
빗소리 도란도란, 멍한 이 밤이 나는 좋다.

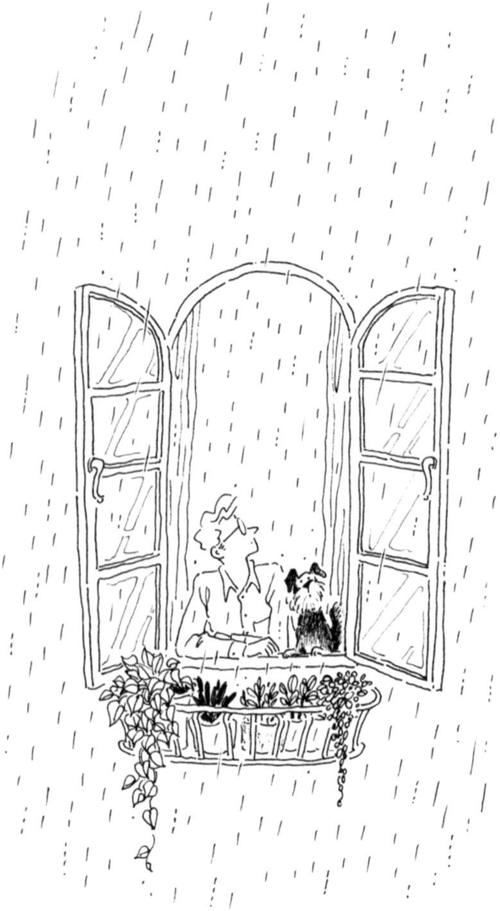

"행복도 불행도 아닌
기쁨도 슬픔도 아닌
지금 이 순간
밤비 수줍게 내리는
지금 이 순간…"

2

살다 보니 그런 거였다

무슨 음모랄 것도 없고

무슨 기막힌 운명이랄 것도 없고

그렇게 겁먹고 마음 졸일 일도 아니었다

얼떨결에 잡아탄 택시 같은 거였다

수저통에서 무심코 꺼낸 젓가락 같은 거였다

파란 선에 살고 빨간 선에 죽는 것도 아니고

짜장면에 웃고 짬뽕에 울 일도 아니었다

그래봤자였다

어찌어찌 사람을 만나고

어쩌다 보니 결혼을 하고

하다 보니 애를 낳고

그러다 보니 늙어가는 그런 거였다

무슨 엄청난 인연도 아니고

무슨 기구한 팔자도 아니고

그저

바람에 날려 떨어진 땅에

뿌리를 내린 꽃씨 같은 것이었다

울고불고할 일이 아니었다
저기 수많은 불빛들 아래
밥 냄새 된장 냄새 풍기는 아저씨 아줌마들처럼
그저
사는 거였다
물 흐르듯
그저
사는 거였다
.
.
.
.
.
.
.
.
.
.

선택

살다 보면 수많은 선택의 순간이 온다. 그 선택 앞에서 누구나 고민을 한다.

파란 선이냐 빨간 선이냐에 따라 목숨이 달린 것처럼 마음 졸인다.
점심 한 끼 먹는데도 무슨 큰일이라도 일어날 것처럼 갈등한다.

선택한다는 것은 하나를 얻고 하나를 버린다는 것.
무엇이 정답인지 당장 알 수 없기에 선택은 반드시 후회를 동반한다. 이 선택이 맞았을까? 저 선택이었으면 어땠을까? 그랬으면 훨씬 나았을 텐데……

인생에 있어서 수많은 선택을 하고, 그 선택들의 결과를 우리는 운명이라고 부른다.
돌아다보니 나쁜 선택이었고, 그런 선택들이 꼬이고 꼬여 이런 운명을 맞았구나.
저걸 선택했더라면, 저 사람을 만났더라면, 그때 그걸 거절하지 않았더라면…….

사람인 이상, 후회와 미련이 따르기 마련이다.

하지만, 완벽한 선택이 있을까? 계속해서 바른 선택만 하면서 살 수 있을까?

다시 과거로 돌아가면 이번에는 바른 선택을 할 수 있을까? 운명을 바꿀 수 있을까?

살다 보니 그건 불가능하다는 것을 알게 되었다.

정답은 선택 자체에 있지 않다.

내가 한 선택이 바른 선택이 되게 하는 것이다.

나의 선택이 바른 선택이 되려면, 그 선택이 맞았다고 믿는 것이다.

인생은 판타지 소설이 아니다.

현재의 내 모습은 어떤 거대한 음모나 기구한 운명의 결과가 아니다.

있는 그대로의 나의 모습이고 인생일 뿐이다.

나의 선택이 맞았다고 생각하고 만족하고 사는 것.

그것밖에 답이 없다.

세상에 나쁜 선택은 없다.

그러나 나쁜 후회는 수없이 많다.

인생의 진상

"중요한 것은

무엇을

선택했느냐가

아니라

그 선택을

믿느냐에 있다"

#3

가슴팍에서 뭉텅 떼어낸
끈적한 이야기 하나
바람결에 떠나보낸다

왁자지껄 웃음소리
아웅다웅 말 많던 사연들
풍등에 실어
밤하늘 위로 날려 보낸다

언제나처럼 그 빈자리엔
또 다른 이야기가 쌓여
살을 만들고
피를 채우고
그렇게 굳어가겠지
그렇게 잊혀가겠지

그러다 또 언젠가
바람 좋은 어느 날

인생의 진상

멀리 하늘 위로
낯익은 풍등 하나 지나가면
잠시 서서 바라보겠지
그저
웃음 한번 짓고는 돌아서겠지

그렇게 잊혀가겠지
.
.
.
.
.
.
.
.
.
.
.

이별

우리의 몸은 수많은 세포와 신체 조직으로 이루어져 있다. 그리고 세포와 조직은 나름 수명이 있어서 분열과 사멸을 반복한다. 피부는 4주, 뼈는 10년… 이런 식이라는 것이다. 결국, 인간의 몸은 수많은 시작과 끝을 반복하며 살아가게 되는 것이다.

우리의 인생은 수많은 이야기들로 이루어져 있다.
그리고 그 이야기들도 세포처럼 시작과 끝이 있다. 우리는 그 끝을 이별이라고 부른다.
일생 동안 만나게 되는 크고 작은 인연들, 사연들, 수많은 이야기들……. 그러니까 당연히 우리는 수많은 이별을 겪으며 살아갈 수밖에 없다.

신체에 통증이 있듯 우리에게는 감정이라는 것이 있기에, 하나의 이야기가 끝날 때는 누구나 아프다.
더군다나 그 끝이 너무나 갑작스러울 때는 더욱 그렇다.

아쉽고 안타까운 마음에 어떻게든 그 끝을 막고 싶어도 어쩔 수가 없다. 떠날 것은 떠나보내야 한다.

그저 이야기 하나가 수명을 다했을 뿐이다.

새로운 피와 살이 빈자리를 채우듯, 우리에게는 또 다른 이야기가 기다리고 있다.

다만, 몸에 생채기가 생기듯 이별 끝에는 기억이라는 흔적이 남기도 한다.

그래서 가끔은 잊었던 이야기가, 잊었던 이별이 문득 떠오를 것이다. 그럴 때면 애써 외면할 필요도, 그렇다고 미련으로 가슴 아파할 필요도 없다.

그저 담담하게, 웃음 한 번 짓고 돌아설 수밖에 없다. 지나간 이야기는 다시 돌아오지 않기 때문이다.

앞으로도 우리 앞에는 수많은 이야기가, 수많은 이별이 기다리고 있다.

"이별이란
또 다른 이야기의 시작이다"

\#4

선물이 도착했습니다!
아무리 먹어도 배가 안 부르는
칼로리 제로 다이어트 제품!
일 년에 한 번 복용으로 끝!

주의사항 ☞
장기 복용해도 효능이 똑같음
복용 횟수에 연연하지 말 것
점점 더 말귀를 못 알아들을 수 있음
.
.
.
.
.
.
.
.
.
.

나
이

나이를 먹으면 나아질 줄 알았다.

좀 더 현명해지고 좀 더 여유로워질 줄 알았다. 셈도 밝아지고 재산도 쌓일 줄 알았다.

나이를 먹을수록 차고 넘칠 줄 알았다.

하지만 그게 아니었다.

먹으면 먹을수록 허기만 졌다. 티끌 모아 태산이라는데 티끌 모아 티끌일 뿐이었다.

유혹에도 흔들리지 않고 하늘의 뜻도 알게 된다고? 다 뻥이었다.

불행하게도 나이는 그저 숫자일 뿐이었다.

20대에 취직하고 30대에 어엿한 가정을 꾸리고 40대에는 30평대 아파트에 승진도 하고 50대에는 아이들 대학 보내고……

나이에 따라붙는 꼬리표들. 나이는 숫자일 뿐이니 당연히 들어맞을 리 없다.

인생의 진상

똑같은 나이는 있어도 똑같은 인생은 없다.

나이가 숫자일 뿐이니 장점도 있다.
나이에 연연하지 않으면 몸이 가벼워진다. 젊어서 못할 게 없고
늙어서 못 할 게 없다.

나도 이제 슬슬 사회생활을 정리할 나이가 되어간다.
하지만 나이는 숫자일 뿐이니 할 게 많아진다.
그래서 밤늦도록 소설도 써보고, 이렇게 이상한 글도 끄적여 보는
것이다.
새로운 도전에 나이는 없으니까.
나이는 진짜 숫자일 뿐이니까.

"나이는 숫자일 뿐이고 ‗‗‗‗‗‗‗‗‗‗‗‗‗‗‗‗‗‗‗‗‗

숫자는 숫자일 뿐이다"

\#5

한번 물어보고 싶었다

노을 지는 야외 탁자에 앉아
고기 한 점 소주 한 잔에
번져 나던 그 미소처럼
이 세상 그런대로 따뜻했는지

아니면
푸른 새벽 홀로 앉아 바라보던
그 호수 물안개처럼
어둡고 외로웠는지

또 아니면
젓가락 장단 그 노랫가락처럼
부엉새 따라
남몰래 눈물도 흘렸는지

그것도 아니면
그 어수룩하고 손때 묻은 유품들처럼
무겁고 후회스러웠는지

세상은 그리 살갑지 않았고
인생은 끝내 야속했지만

이제는 가서 돌아다보니

당신의 소풍
그래도 아름다웠는지

한 번은 꼭
물어보고 싶었다

.

.

.

.

아
버
지

아버지처럼 살고 싶지는 않았다.

평생 짊어지고 살아온 가난의 무게를 끝내 벗어나지 못한 그 고구
마 같은 인생이 싫었다. 이런저런 이유로 꿈을 버리고, 이런저런
이유로 도전을 포기한 그 미스터리한 안일함이 싫었다.

그 와중에도 가족을 굶기지 않겠다는 그 집요한 절약 정신이 더
싫었다.

사랑받는 남편이 되고 싶었다. 자랑스러운 아버지가 되고 싶었다.

아버지와는 다른 아버지가 되고 싶었다.

그러나 녹록지 않다는 것을 깨달았다. 아버지라는 이름이 만만하
지 않다는 것을 깨달았다. 하루에도 몇 개씩 고구마를 먹는 현실
은 쉽게 바뀌지 않았다.

어느 날 거울 앞에서 머리털이 빠지고 주름이 진 아버지의 모습을
발견하고 소스라치게 놀랐다. 이 질긴 유전자의 힘에 몸서리쳤다.

결국, 나는 단 한 번도 아버지의 그늘에서 빠져나가지 못한 채, 아버지가 되고 있었다.

아버지는 쓰러지신 후, 단 한 번도 정신을 차리지 못하고 넉 달 만에 요양병원에서 숨을 거두셨다.
그 넉 달 동안 아버지를 바라본 느낌은 효심도 아니고 그렇다고 연민도 아니었다. 마음 깊숙한 곳에서부터 아려오는 서글픈 동지애였다.

병원 침대에 누워서 눈만 멀뚱거리시던, 아들이 불러도 바라보지도 못하는 아버지에게 물어보고 싶었다.

그래도 인생은 살 만하셨죠?
나름 아름다웠죠? 그렇죠? 그런 거 맞죠?

"사는 내내
서로 서툴고 어색했지만
그래도
나를 가장 믿고
사랑해주었던 동지"

#6

아스팔트를 뚫고 올라온 풀꽃 같은
비바람 속 살 부러진 우산 같은
통장에 꽂힌 월급 같은
소개팅 5분 전 같은
모델하우스 전단지 같은

아닌 줄 알면서도
속고 또 속아 넘어가는
사랑 고백 같은

죽는 그날까지
차마 벗지 못하는
인공호흡기 같은
.

.

.

.

.

.

꿈

누구나 꿈이 있다. 인간은 꿈꾸는 동물이기 때문이다.

그래서 크든 작든 누구나 꿈을 가지고 있다.

하지만 마침내 꿈을 이뤘다고 떠드는 사람은 실제로 보기 힘들다.

말 그대로 꿈은 꿈일 뿐이다.

꿈을 찾았다고 생각하는 순간, 꿈은 벌써 다른 모습으로 나타나

저 앞에서 어서 오라고 손짓한다.

끝없이 이어지는 희망고문일 뿐이다.

꿈이 현실 속에서 계속 이루어진다면 그건 꿈이 아니라 그냥 일상

일 뿐이다.

좌절과 꿈은 패키지 세트다.

현실은 막막하고, 되는 것은 하나도 없고, 몸에서 기운이 다 빠져

나갈 때, 꿈은 다가와 손을 내민다.

다시 한번 일어나 보라고, 한 번 해보라고, 언젠가 될 거라고 손을

내민다.

물 한 모금, 술 한 잔 시원하게 마시고 다시 뛰어보라고 한다.

꿈은 좌절하는 우리에게 던져주는 고칼로리 미끼상품일 뿐이다.

이쯤 되면 우리도 안다. 속고 있다는 것을 안다. 허위 과장 광고라는 것을 안다.

하지만 어쩌랴. 됐다고. 이제 됐다고. 난 그냥 여기서 끝낼 거라고. 그럴 수는 없다.

그래서 오늘도 우리는 어수룩한 표정을 지으며 속아 넘어가 준다.

귓가에 속삭이는 환상의 세계를 애써 상상해 본다. 그 달콤한 결말을 다시 한번 믿어본다.

그렇게 하지 않으면, 아무리 헛된 꿈이라도 그것마저 없다면, 우리는 다시 일어설 수 없다는 것을 알기 때문이다.

죽는 그 날까지 우리는 이 빌어먹을 인공호흡기를 뗄 수가 없다.

떼는 순간 하루도 살 수 없다는 것을, 우리는 끝난다는 것을 알기 때문이다.

그래서 그 유혹의 손길을 우리는 도저히 거부할 수가 없다.

"속지 말자
 속지 말자 했지만
 또 속고 마는
 너무나 잔인하고 너무나 달콤한
 보이스피싱"

인생의 진상

나에게 꿈이란

\#7

취할수록
허기가 진다는 것

밤이 깊을수록
맑아진다는 것

떠난 후에야
그리워진다는 것

비로소 그게
사랑이었음을
안다는 것

나중에야
항상
알게 된다는 것
.

  .

    .

      .

아
이
러
니

알다가도 모를 일이다.

수많은 석학들이 난제를 풀어내고 과학이 눈부시게 발달하고
문명은 끝없이 진보하여도 인생은 여전히 미스터리다.

왜 1시간을 뛰어도 안 빠지던 살이 물 한 잔에 도로 찌는 걸까?

왜 샤워만 하면 전화가 울리는 걸까?

왜 흰옷만 입으면 김칫국물이 튀는 걸까?

왜 빈 택시는 길 건너편에만 서는 걸까?

이 정도는 고민도 아니다.

소중한 것들은 왜 잃어버린 후에 그 소중함을 알게 되는 걸까?

지나고 난 후에야 그게 행복이었다는 것을 깨닫게 되는 걸까?

사랑이 곁에 있을 때는 왜 사랑을 보지 못하는가?

사랑은 왜 떠나간 후에야 그리워지는가?

사랑은 왜 가장 필요할 때 떠나가는 것일까?

인생은 왜 발전하지 않을까?
똑같은 실수는 왜 반복되는가?
경험이 쌓일수록 왜 후회는 더 늘어나는가?

가지면 가질수록 왜 더 가지려 하는가?
버려야 하는지 알면서도 왜 버리지 못하는가?
끝내 굴러떨어질 바윗덩어리를 왜 끝없이 밀어 올리고 있는가?

아무리 해도 정답을 찾을 수가 없다.
어렵게 어렵게 정답을 찾았다고 느끼는 순간,
정답은 이미 저만치 도망가 버린다.

정답은 결국……
답이 없다는 것이다.
우리의 정답 찾기는 영원히 반복될 뿐이다.

"테스형!

도대체 정답은 어디에 있는 건가요?”

나에게 아이러니란

#8

이것은

구름 한 점 없이 맑은 여름날과
아이스 아메리카노 사이
그 어디쯤

노을 지는 남산과
낙산공원 가로등 불빛 사이
그 어디쯤

금요일 밤 7시와 12시 사이
그 어디쯤

노릇노릇 익어가는 삼겹살과
소주 2병 사이
그 어디쯤

이것은

살아온 날들의 보잘것없음과
살아갈 날들의 보잘것없음 사이
그 어디쯤

행
복

당신은 행복한가요?

이런 질문을 받으면 그 순간부터 행복하지가 않다.

타인과 비교하고, 현재의 사회적 위치와 재산 상태를 떠올리고, 가족과 친구 간의 관계를 반성하게 된다. 내 인생의 행적을 송두리째 기억의 탁자에 올려다 놓고 꼼꼼히 정산하다 보면 행복해질 수가 없다.

내가 행복하지 않은 이유가 행복한 이유보다 압도적으로 많아지기 때문이다.

당신은 행복했던 순간이 있었습니까?

이런 질문은 훨씬 쉬어진다. 단지 행복을 느꼈던 순간에 대한 경험을 묻는다면 말이다.

아침에 일어나 미세먼지 하나 없는 하늘만 봐도 행복하고, 땀 흘린 후에 하는 샤워가 행복하고, 설익지도 퍼지지도 않게 잘 끓인 라면에 행복하고, 편의점에서 발견한 원 플러스 원 상품에 행복하고, 친구와의 반가운 술 약속이 행복하다.

평범하고 보잘것없었던 과거와 별로 나아질 것 같지 않은 미래 사이, 그 일상과 일상 사이에서 행복 같지 않은 행복을 즐기는 건 죄가 아니다. 행복한 게 무슨 등급이 있는 것도 아니지 않은가.

소소하고 확실한 행복.
'소확행'이라는 말은 어쩌면 혁명적인 발상이다.
행복의 극점과 불행의 극점 사이에서 방황하던 많은 이들이 안식처를 찾았다. '소확행'이 '불행 인플레이션 사회'에서 어쩔 수 없는 도피일 수도 있다.

하지만 어쩌겠나.
그래서라도 행복한 사람이, 행복한 순간이 조금 더 늘어난다면, 그나마 '多幸' 한 일이지 않을까.

"행복은

작으면 작을수록

가성비가 높다"

#9

형님
나 그만 갈라요
시끌벅적 육지의 난장
시큼한 소주 냄새 고기 타는 냄새
울고 웃던 이승의 인연들 다 끊어내고
겁나게 먼 그곳으로 갈라요

형님
나 그만 갈라요
눈이 내리고 바다가 얼어붙기 전에
가서
속없이 맑은 10월 햇볕 아래 누워
하루 종일 바다만 쳐다보다가
심심하면 하늘 위로 푸르륵 날아올라
남풍 타고 휘이휘이 공중제비도 돌다가
배고프면 형님이 만들어준 고무배 타고
물고기도 잡아먹다가
그래도 정 심심하면
솔나무 그늘 아래서 낮잠이나 잘라요

외로워도 외로움이 없고
그리워도 그리움이 없고
울고 싶어도 눈물이 없는 곳
징허게 파도 소리만 들리는
그곳으로 갈라요

그러니 형님
그만 이 손을 놔줘요
가서
사방 푸른 바다를 이불처럼 두르고 누워
언제나 그랬던 것처럼 살라요
섬처럼 살라요
．

　．

　　．

　　　．

섬

김복수를 기리며

처음 녀석을 만났을 때, 나는 좀 놀랐다. 파리 한 마리 못 잡을 것 같은 그놈의 이름이 '복수'라는 것 때문이었다.

비쩍 마른 몸매에 새까만 얼굴, 선한 미소가 인상적인 순천 촌놈 복수는, 수업이 비는 틈에, 학교 담벼락 밑 자신의 자취방에 몰려든 친구들에게 라면 끓여주기 바빴던 착한 놈이었다.

그리고 1년 전, 불의의 교통사고로 전신 마비가 온 녀석을 병문안 갔을 때, 나는 또 한 번 놀랐다. 뼈만 앙상하게 남은 녀석의 몸이 아니라, 의외로 하얀 얼굴과 맑은 눈동자에 놀랐다.

그의 피부색이 원래 까만 것이 아니었다. 오랜 가난과 노동과 번민의 흔적이었던 것이다.

연락이 두절되었던 30여 년 동안 우여곡절이 많았을 그의 인생,

그리고 야속한 마지막 운명 속에서도 그는 변함없이 속살이 하얗고 눈이 사슴처럼 맑은 친구였다.

복수가 쓰러진 후 생업과 가족을 뒤로한 채, 밤낮없이 병실을 지키며 동생을 돌보았던 친형은 마지막 계획을 실행에 옮겼다.
육지의 불편한 시선과 득실거리는 바이러스를 피해 동생을 데리고 남쪽 외딴섬으로 들어간 것이다.
집을 짓고 커다란 물탱크로 고깃배도 만들었다. 동생이 맑은 공기와 햇볕 속에서 나아지기를, 바다수영을 통해 굳어진 근육이 회복되기를 바랐던 것이다.

하지만 형의 바람과는 달리, 녀석은 제힘으로 수영 한번 제대로 못해보고 그 섬에서 눈을 감았다. 따스한 10월 햇볕 아래, 바다가 보이는 집에서 눈을 감았다.

세상에 복수하고 싶은 일도 많았겠지만 끝내 화해를 택했던 복수는 그 섬에 영원히 남았다.
속세의 연이 닿지 않는 곳. 미련도 후회도 슬픔도 없는 곳.
온통 푸른 바다로 둘러싸여 파도 소리만 들리는 그곳에서, 그는 그렇게 섬이 되었다.

"외로움도 없고
그리움도 없고
눈물도 없는 곳
사방 푸른 파도 소리 들리는 그 곳에서
섬처럼 살기를"

\#10

400병의 알코올과
500갑의 타르와
9십만 칼로리의 양식과
2백 톤의 물을 쏟아붓고

2백만 보의 헛걸음과
5천 킬로미터의 방황과
365번의 후회를 퍼다 붓고

남은 것이라곤
마블링 가득한 뱃살과
연 복리 7%로 불어나는 고민들

그래도 그깟 일로 쓰러질 수는 없다며
늦은 아침 라면을 끓인다

어쩔 수 없이 밀려오는 허기
어쩔 수 없이 밀려오는 체념

어제는 이미 지나가버렸다며
내게는 무수한 내일이 남았다며
미련한 미련을
지갑 속 로또처럼 쑤셔 넣고

늦은 아침
늙은 곰처럼 웅크리고 앉아
삶 · 은 ·
라면을 먹는다

．

．

．

．

．

．

．

．

．

1월

1일

인간은 가성비가 심하게 떨어지는 존재다.

최소한 나의 1년을 돌이켜보면 그렇다.

1년 동안 엄청난 양의 곡물과 물과 소고기, 돼지고기, 닭고기, 생선, 채소… 등등이 내 몸에 투입되었다.

엄청난 양의 술과 담배를 탕진하고, 또 엄청난 양의 배설물을 쏟아냈다.

나 혼자서 1년 동안 제법 큰 쓰레기 산 하나는 만들었을 것이다.

그것뿐일까.

엄청난 물자와 자원뿐만 아니라, 나름 뭘 해보겠다며 숱하게 활자를 보고 영상을 보고 일하고 대화하고 헛소리를 하며 보냈다.

그렇게 투입한 수많은 재화와 자원과 노력의 결과는 무엇일까.

있기나 하는 걸까.

그렇게 허망한 1년이 지나고 또 다른 1년이 시작되었다.

인생의 진상

지금까지의 행태를 봐서 또다시 가성비 매우 떨어지는 1년이 될
확률이 높다.
하지만 경제학적인 냉정한 분석을 토대로 이제 그만 살기로 작정
할 수도 없고, 그렇다고 장기간 단식할 자신도 없다.

미안하고 민망하지만, 언제나처럼 1년을 허비하면서도 굳건히 살
아갈 것이다.
모진 생존본능을 가진, 나도 어쩔 수 없는 인간이기 때문이다.
아무리 고상한 척해도 때가 되면 배고파지는 인간이기 때문이다.

인간이 무서운 것은
칠흑 같은 어둠 속에서도 한줄기 빛을 찾아내는 족속이기 때문이다.
전쟁 통에서도 아기를 낳고, 물 한 모금으로 열흘을 버티고,
지구가 멸망해도 한 그루 사과나무를 심는 족속이기 때문이다.
아무리 헛된 희망이라도 결코 포기하지 않는 족속이기 때문이다.

나도 어쩔 수 없는 인간이기에

가성비 매우 떨어질 게 뻔한 또 다른 1년을

삶을

희망을

아직 포기할 수 없다.

"미안하지만 어쩔 수 없네요
살아야죠
질기게 질기게 살아내야죠
달리 어쩔 수가 없네요"

나에게 1월 1일이란

\#11

그냥
햇살 눈부셨던
봄날 하루라고 하자

그 봄날에
지나가는 바람이라고 하자

그 바람에
떨어진 벗꽃 한 잎이라고 하자

초록이 우거지고
낙엽이 지고
하얀 눈이 쌓여도
지워지지 않는 희미한 자국이라고 하자
이제는 말라버린 햇살과 바람과 꽃잎의 흔적만 남은
색 바랜 화석이라고
하자
.
.
.

첫
사
랑

첫사랑의 시작은 언제나 화창한 봄날이다.

파란 하늘과 살랑거리는 바람에 벚꽃 향기가 흩날리는……

아니라고 우겨도 소용없다. 그게 여름이든 가을이든 겨울이든 상관없다.

모든 첫사랑의 시작은 봄날이다.

첫사랑의 끝은 언제나 눈 오는 밤이다.

눈이 펑펑 오는 날, 차마 마주 볼 용기가 없어 가로등 불빛에 흩날리는 눈을 애써 바라보는 것이다.

첫사랑의 끝은, 눈이 얼굴 위로 마구 흩뿌리는 그런 춥고 어두운 겨울밤이다.

아니라고 우겨도 소용없다.

모든 첫사랑의 끝에는 눈이 내린다.

모든 첫사랑은 아름답다.

처음이라서 아름답다. 영원하지 않아서 아름답다.

그리고…… 문득문득 떠오르는, 결코 지워지지 않는 흔적이라서 아름답다.

오래오래 세월이 흐르고도 문득, 모든 걸 까맣게 잊고 지내다가도 문득, 파란 하늘에 벚꽃 한 잎 날리면 문득, 그 희미해진 기억이 꿈틀거리는…….

아 그랬었지, 그때는 참……, 하고 한 번 미소 지을 수 있어서 아름답다.

잊을 수 있어서, 그리고 잊히지 않아서, 그래서 아름답다.

"지나고 나면 모든 것이 아름답다
잊어져서
그리고 잊지 못해서…"

#12

밤이 꽤 깊었는데도
돌아갈 생각을 하지 않는다

미칠 것 같은 그 맑은 눈으로
좀 더 이야기 해보라고
좀 더 솔직해져 보라고

지치지도 않고
저렇게 밤새 앉아 있다

그래서 너는
후회하지 않냐고
미안하지 않냐고
사랑이라는 게 남긴 남았냐고
용기라는 게 남긴 남았냐고
그냥 이렇게 늙어갈 거냐고

그래서 너는
도대체 이 세상에
어떤 의미냐고

그렇게 밤새 앉아서
나를 바라보고 있다

미치도록
맑은 눈으로
.
.
.
.
.
.
.
.
.

불면증

새벽 2시에서 3시 사이쯤이었다. 갑자기 그놈이 쓱 들어왔다.
갑자기 잠이 싹 달아나고 가슴이 쿵쾅쿵쾅 뛰었다.
처음이 아니었기에, 나는 두려움에 휩싸였고 이마에는 식은땀이
흐르기 시작했다. 이번에는 또 언제까지 나를 붙잡고 늘어지며 괴
롭힐지 가늠이 되지 않았다.

녀석이 말을 걸기 시작했다.
어제 왜 그 사람에게 그런 식으로 말을 했나, 왜 쓸데없이 그걸 한
다고 해서 남들까지 힘들게 하느냐, 같은 사소한 질문부터 시작하
더니 그 많은 부채는 어떻게 해결할 거냐, 도대체 노후 준비는 하
고 있기는 하느냐, 같은 뼈아픈 약점을 꼬치꼬치 따졌다.

그러더니 본격적으로 나를 물고 늘어졌다.
너는 말이야. 네가 참 열심히 살아왔다고 생각하지? 그런데 잘 안
풀린다고 생각하지?

인생의 진상

너는 가족을 위해 희생했는데 몰라주지? 너의 등에 올라탔다고 생각하지?

열심히 일했는데 주위에서 몰라주지? 그래서 억울하지?

자, 너를 돌아봐. 이제는 늙고 볼품없어진 너를 보라고.
너는 지금 어떤 모습이냐고. 너는 어떤 아들이고, 어떤 남편이고, 어떤 아빠고, 어떤 동료고, 어떤 친구인지 잘 보라고.
도대체 넌 뭐냐고…….

잠 좀 못 자면 어때? 언젠가 질리도록 잘 잠인데.

미치기 직전까지 인생사를 탈탈 털던 놈이 언제인지도 모르는 사이 홀쩍 가버렸다.
사람 속을 뒤집어 놓던 그 미운 놈이 그렇게 가버렸다.

"누구에게나 불면의 시간은 온다
 애써 극복하지도 말고
 애써 반항하지도 말자
 때가 되면 결국 지나갈 것을"

인생의 진상

나에게 불면증이란

#13

사랑한다는 그 말
오직 너뿐이라는 그 말
하늘의 별도 달도 다 따 주겠다는 그 말
영원히 잊지 않겠다는 그 말

내가
너에게
듣고 싶은 그 말

그토록
사무치게
그리운 그 말
.

.

.

.

.

.

.

거짓말

다음 말들의 공통점은?

오빠 믿지?
난 당신밖에 없어.
만수무강하세요.
역시 선배님밖에 없어요. 존경합니다.
사랑합니다, 고객님…….

하루에도 수십 번씩 하고, 듣는 그 말.
때로는 알고도 속아주고 진짜 모르고 당하기도 하는 거짓말.
이렇게 사기와 배신이 난무하는 일상이지만, 별 탈도 없이 잘들
넘어간다.
그렇게 당하고도 분기탱천이 없다. 모두들 도덕불감증이라도 걸
린 걸까?

아니다. 그게 아니다.

가슴을 찔러오는 참말들이 있다. 비수 같은 진실들이 있다. 그 비수에 찔려서 밤새 괴로워해 보거나 눈물마저 떨어뜨려 본 경험이 있는 사람들은 안다.

세상이, 인생이 얼마나 무서운지 사람들은 안다.

이 험한 세상을 그래도 꾸역꾸역 살아내려면 어쩔 수가 없는 것들이 있다. 독성이 잔뜩 묻은 진실의 칼날에 목을 내줄 필요는 없다. 그래서 차라리 속고 속이면서 그렇게 버티는 것이다.

거짓이 진실을 이길 수는 없다. 이겨서도 안 된다.

하지만 그 거짓이 진짜 악의적인 거짓이 아니라면, 차라리 거짓말을 하는 게 낫다.

그래서 사랑이 더 깊어지고, 가족 간에 웃음꽃이 피고, 직장생활에 자부심이 느껴진다면, 그래서 덜 아프고 덜 슬프다면, 이 고단한 인생에 잠이라도 편히 잘 수 있다면, 차라리 서로 속고 속여보자. 뻔뻔하게 달콤하게 거짓말이라도 해보자.

"때로는 비수 같은 참말보다

달콤한 거짓말이 사람을 살린다"

나에게 거짓말이란

#14

[복용 시 주의사항]

- 이 제품은 지나친 흡연,
  알코올 중독을 유발할 수 있습니다
- 과다 복용 시 식욕부진, 불면증, 우울증 등이 발생할 수 있
  습니다
- 증상이 심하더라도 정해진 복용량을 지켜주세요
- 미성년자, 미경험자, 심신 미약, 찌질이 등은
  복용을 자제해 주세요
- 장기 복용 시 약효가 급격하게 떨어질 수 있습니다
- 이 제품은 반드시 유통기한이 있습니다
- 유통기한이 지난 제품은 반드시 폐기해 주세요
  .

  .

  .

  .

  .

  .

  .

사
랑

결론적으로 말해서, 영원한 사랑이란 없다.
특히 남녀 간의 사랑은 더 그렇다. 괜히 초 치려는 말이 아니다.
사랑의 타고난 생리가 그렇다는 것이다.

사랑이 시작될 때는 6월의 맑은 하늘처럼 따사롭다. 사랑이 깊어
지면 한여름 뜨거운 태양처럼 서로를 눈멀게 하고 귀멀게 한다.
하지만 찬바람이 불기 시작하면 열기는 식어가고 푸르름은 낙엽
처럼 바래진다.

아무리 몸에 좋은 약도 유통기한이 있다.
세균을 죽여주고 필수 영양분을 공급하던 약도 유통기한이 지나
면 독으로 작용한다.
사랑도 마찬가지다.
사랑이 식으면 문제가 발생하기 시작한다. 사랑이 무관심으로,
미움으로, 증오로 변질되기 시작한다.

그러니 유통기한이 지나면 그 사실을 인정해야 한다.

누구의 잘못도 아니고 누구의 별난 성격 탓도 아니고 누구의 집안 환경 탓도 아니고 누구의 능력 탓도 아니다.

모든 원인은 사랑 자체에 있다. 당신의 문제가 아니다.

한 가지 다행스러운 건, 사랑의 유통기한이 제각각이라는 것이다. 유통기한을 늘리는 것은 각자의 몫이다. 욕심이나 감정에 휘둘리지 말고 복용량을 잘 지키고 보관 방법을 잘 살펴볼 일이다.

끝이 있다는 것을 아는 것은 그렇게 나쁜 일만은 아니다. 세상에 영원한 게 없다고 생각하면 겸손하고 차분해진다.

사랑도 그렇게 할 일이다.

"인생을 좀 더 쉽게 사는 법 …… 세상에 영원한 것은 없다고 믿는 것"

나에게 사랑이란

#15

누구나 저마다 칼 하나씩 가지고 있다
퍼렇게 날이 선 칼

품속 깊숙이 숨겨두어서
제 살만 찔러대는 칼
제 가슴만 찔러대는 칼

아무리 세월이 흘러도
아물지 않는 생채기를 남긴 채
끝끝내 품고 있는

그런
칼 하나씩 가지고 있다
.
.
.
.
.
.

자존심

나이가 들고 세상을 좀 알게 되면 자기 자신을 좀 파악하기 마련이다. 주제를 알기 마련이다. 웬만큼 억울한 일을 당해도 참을 줄 알게 된다.

뭐 어쩌겠어, 현실인데. 나 하나 참으면, 이번 한 번만 그냥 눈 딱 감으면 어떻게 잘 되겠지…….

하지만, 집으로 돌아오는 길이 내내 찜찜하다. 누워도 잠이 잘 오질 않는다. 밤새 그 자존심이란 칼이 자신을 찔러대는 바람에 잠을 설치고 속이 상한다.

이 몸속의 칼은 세월이 흘러도 쉽게 무뎌지지 않는다. 몸속 깊숙이 숨어 있다가 여지없이 자신을 찔러댄다. 괴롭다.

하지만 아무리 칼날이 매서워도 한 가지 하지 말아야 하는 것이 있다.

인생의 진상

칼이 자기 자신을 찔러대 속으로는 피멍이 들지언정, 그 칼을 밖으로 꺼내지는 말아야 한다.

참지 못하고 밖으로 꺼내는 순간, 사람들을 향해 휘두르는 순간, 사태는 심각해진다.

자존심이라는 칼이 때로는 사람을 죽이기도 한다.

평화롭고 안전한 사회를 구현하는 가장 이상적인 방법은 누구나 칼을 가지고 있다는 것을 서로 명심하는 것이다.

내가 아프듯 남도 아프다는 것을 알아야 한다.

내가 안 아프려면 남도 찌르지 말아야 한다는 것을 알아야 한다.

그 칼을 오롯이 내 품속에만 품되, 그 고통이 나의 꿈을 이루기 위한 성장통이 되도록 다스려야 한다.

살인자의 칼이냐, 명장의 칼이냐는 결국, 주인 하기 나름이다.

"누구나 칼 하나씩 품고 있다

그 칼을 항상 조심하라"

Foreign Copyright:
Joonwon Lee
Address: 3F, 127, Yanghwa-ro, Mapo-gu, Seoul, Republic of Korea
        3rd Floor
Telephone: 82-2-3142-4151
E-mail: jwlee@cyber.co.kr

인생의 비밀을 시로 묻고 에세이로 답하는 엉뚱한 단어사전

단어의 진상

2021. 11. 1. 1판 1쇄 인쇄
2021. 11. 8. 1판 1쇄 발행

지은이 | 최성일
펴낸이 | 최한숙
펴낸곳 | **[BM] 성안북스**

주 소 | 04032 서울시 마포구 양화로 127 첨단빌딩 3층(출판기획 R&D 센터)
       | 10881 경기도 파주시 문발로 112 파주 출판 문화도시(제작 및 물류)

전 화 | 02) 3142-0036
       | 031) 950-6300
팩 스 | 031) 955-0510
등 록 | 1978.9.18. 제406-1978-000001호
출판사 홈페이지 | **www.cyber.co.kr**
투고 및 문의 | heeheeda@naver.com
ISBN | 978-89-7067-408-7 (03810)
정가 | 15,000원

이 책을 만든 사람들
책임 | 최옥현
진행 | 전희경
일러스트 | 장선영
교정·교열 | 박정미
본문·표지 디자인 | 디박스
영업 | 구본철, 차정욱, 나진호, 이동후, 강호묵
마케팅 | 장상범, 박지연
홍보 | 김계향, 유미나, 서세원
제작 | 김유석

■ 도서 A/S 안내

성안북스에서 발행하는 모든 도서는 저자와 출판사, 그리고 독자가 함께 만들어 나갑니다.
좋은 책을 펴내기 위해 많은 노력을 기울이고 있습니다. 혹시라도 내용상의 오류나 오탈자 등이
발견되면 **"좋은 책은 나라의 보배"**로서 우리 모두가 함께 만들어 간다는 마음으로 연락주시기
바랍니다. 수정 보완하여 더 나은 책이 되도록 최선을 다하겠습니다.
성안북스는 늘 독자 여러분들의 소중한 의견을 기다리고 있습니다. 좋은 의견을 보내주시는 분께는
성안당 쇼핑몰의 포인트(3,000포인트)를 적립해 드립니다.

잘못 만들어진 책이나 부록 등이 파손된 경우에는 교환해 드립니다.